爱阅读课程化丛书/快乐读书吧

爱阅读

拉封丹寓言

[法] 拉封丹 / 著
立　人 / 编译

无障碍精读版

课外阅读佳作，爱阅读课程化丛书

分级阅读点拨 · 重点精批详注 · 名师全程助读 · 扫清阅读障碍

天地出版社 | TIANDI PRESS

图书在版编目（CIP）数据

拉封丹寓言 / [法] 拉封丹著 ; 立人编译 . — 成都 : 天地出版社 , 2020.8（2021.12 重印）
（爱阅读）
ISBN 978-7-5455-5797-8

Ⅰ . ①拉… Ⅱ . ①拉… ②立… Ⅲ . ①寓言—作品集—法国—近代 Ⅳ . ① I565.74

中国版本图书馆 CIP 数据核字（2020）第 111995 号

LAFENGDAN YUYAN

拉封丹寓言

[法] 拉封丹　著　　立　人　编译

—— 阅读 · 成长 ——

出 品 人　杨　政

项目监制　刘俊枫　田佰根
营销策划　吴　淼　王　猛　万可彪　赵亚珍
责任编辑　孙　晖
绘　　图　王　珊
版式设计　冯　兴　陈美林
封面设计　宋双成
排版制作　书香文雅
责任印制　白　雪

出版发行　天地出版社
（成都市槐树街 2 号　邮政编码：610014）
（北京市方庄芳群园 3 区 3 号　邮政编码：100078）
网　　址　http://www.tiandiph.com
电子邮箱　tianditg@163.com

印　　刷　三河市祥宏印务有限公司
版　　次　2020 年 8 月第一版
印　　次　2021 年 12 月第三次印刷
开　　本　700mm × 1000mm　1/16
印　　张　16　　　彩插　0.375
字　　数　217 千
定　　价　24.80 元
书　　号　ISBN 978-7-5455-5797-8

咨询电话：（028）87734639（总编室）

被人打败的狮子

狮子和猎人

狼和狐狸在猴子面前打官司

青蛙和老鼠

狐狸和葡萄

乌鸦和狐狸

总序

前不久，北京书香文雅图书文化有限公司的李继勇先生与我联系，说他们策划了一套“爱阅读”丛书，读者对象主要是中小学生，可以作为学生的课外阅读用书，希望我写篇序。作为一名语文教育工作者，在最近“双减”政策的大背景下，为学生推荐这套优秀课外读物责无旁贷，也更有意义。

一、“双减”以后怎么办？

前不久，教育部发布的“双减”文件，对义务教育阶段学生的作业和校外培训作出严格规定。我认为这是一件好事。曾几何时，我们的中小学生作业负担重，不少孩子不是在各种各样的培训班里，就是在去培训班的路上。孩子们“学”无宁日，备尝艰辛；家长们焦虑不安，苦不堪言。校外培训机构为了增强吸引力，到处挖墙脚，有些老师受利益驱使，不能安心从教，导致社会怨声载道。他们的行为破坏了教育生态，违背了教育规律，严重影响了我国教育改革发展。教育是什么？教育是唤醒，是点燃，是激发。而校外培训的噱头仅仅是提高考试成绩，让孩子在中高考中占得先机。他们的广告词是“提高一分，干掉千人”，大肆渲染“分数为王”，在这种压力之下，孩子们面对的是“分萧萧兮题海寒”，不得不深陷题海，机械刷题。假如只有一部分孩子上培训班，提高的可能是分数。但是，如果大多数孩子或者所有孩子都去上培训班，那提高的就不是分数，而只是分数线。教育的根本任务是立德树人，是培根铸魂，是启智增慧，是德智体美劳全面发展，是培养社会主义建设者和接班人，是为中华民族伟大复兴提供人才，而不是培养只会考试的“机器”，更不能被资本所绑架。所以中央才“出重拳”“放实招”，目的就是要减轻学生过重的课业负担，减轻家长过重的经济和精神负担。

“双减”政策出台后，学生们一片欢呼，再也不用在各种培训班之间来回奔波了，但家长产生了新的焦虑：孩子学习成绩怎么办？而对学校老师来说，这是一个新挑战、新任务，当然也是新机遇。学生在校时间增加，要求老师提升教学水平，科学合理布置作业，同时开展课外延伸服务，事实上是老师陪伴学生的时间增加了。这部分在校时间怎么安排？如何让学生利用好课外时间？这一切考验着老师们的智慧。而开展各种课外活动正好可以解决这个难题。比如：热爱人文的，可以开展阅读写作、演讲辩论、学习传统文化和民风民俗等社团活动；喜爱数理的，可以组织科普科幻、实验研究、统计测量、天文观测等兴趣小组；也可以开展体育比赛、艺术体验（音乐、美术、书法、戏剧）和劳动教育等实践活动。当然，所有的活动都应以培养学生的兴趣爱好为目的，以自愿参加为前提。学校开展课后服务，可以多方面拓展资源，比如博物馆、图书馆、科技馆、陈列馆、少年宫、青少年活动中心，甚至校外培训机构的优质服务资源，还可组织征文比赛、志愿服务、社会调查等，助力学生全面发展。

二、课外阅读新机遇

近年来，新课标、新教材、新高考成为语文教育改革的热词。前不久，我在朋友圈看到一个视频，说语文在中高考中的地位提高了，难度也加大了。这种说法有一定道理，但并不准确。说它有一定道理，是因为语文能力主要指一个人的阅读和写作能力，而阅读和写作能力又是一个人综合素养的体现。语文能力强，有助于学习别的学科。比如：数学、物理中的应用题，如果阅读能力上不去，读不懂题干，便不能准确把握解题要领，也就没法准确答题；英语中的英译汉、汉译英题更是考查学生的语言表达能力；历史题和政治题往往是给一段材料，让学生去分析、判断，得出结论，并表述自己的观点或看法。从这点来说，语文在中高考中的地位提高有一定道理。说它不准确，有两个方面的理由：一是语文学科本来就重要，不是现在才变得重要，之所以产生这种错觉，是因为在应试教育的背景下，语文的重要性被弱化了；二是语文考试的难度并没有增加，增加的只是阅读思维的宽度和广度，考查的是阅读理解、信息筛选、应用写作、语言表达、批判性思维、辩证思维等关键能力。可以说，真正的素质教育必须重视语文，因为语文是工具，是基础。不少家长和教师认为课外阅读浪费学习时间，这主要是教育观念问题。他们之所以有这种想法，无非是认为考试才是最终目的，希望孩子可以把更多时间用在刷题上。他们只看到课标和教材的变化，以为考试还是过去那一套，其实，考试评价已发生深刻变革。目前，考试评价改革与新课标、新教材改革是同向同行的，都是围绕立德树人做文章。中共中央国务院印发的《深化新时代教育评价改革总体方案》明确指出："稳步推进中高考改革，构建引导学生德智体美劳全面发展的考试内容体系，改变相对固化的试题形式，增强试题开放性，减少死记硬背和'机械刷题'现象。"显然就是要用中高考"指挥棒"引领素质教育。新高考招生录取强调"两依据，一参考"，即以高考成绩和高中学业水平考试成绩为依据，以综合素质评价为参考。这也就是说，高考成绩不再是高校选拔新生的唯一标准，不只看谁考的分数高，而是看谁更有发展潜力、更有创造性、综合素质更高，从而实现由"招分"向"招人"的转变。而这绝不是仅凭一张高考试卷能够区分出来的，"机械刷题"无助于全面发展，必须在课内学习的基础上，辅之以内容广泛的课外阅读，才能全面提高综合素养。

三、"爱阅读"助力成长

这套"爱阅读"丛书是为中小学生读者量身打造的，符合《义务教育语文课程标准》倡导的"好读书、读好书、读整本的书"的课改理念，可以作为学生课内学习的有益补充。我一向认为，要学好语文，一要读好三本书，二要写好两篇文，三要养成四个好习惯。三本书指"有字之书""无字之书"和"心灵之书"，两篇文指"规矩文"和"放胆文"，四个好习惯指享受阅读的习惯、善于思考的习惯、乐于表达的习惯和自主学习的习惯。古人说“读万卷书，行万里路”，实际上就是要处理好读书与实践的关系。对于中小学生来说，读书首先是读好“有字之书”。“有字之书”，有课本，有课外自读课本，还有“爱阅读”这样的课外读物。读书时我们不能眉毛胡子一把抓，要区分不同的书，采取不同的读法。一般说来，有精读，有略读。精读需要字斟句酌，需要咬文嚼字，但费时费力。当然也不是所有的书都需要精读，可以根据自己的需要决定精读还是略读。新课标提倡中小学生进行整本书阅读，但是学生往往不能耐着性子读完一整本书。新课标提倡的整本书阅读，主要是针对过去的单篇教学来说的，并不是说每本书都要从头读到尾。教材设计的练习项目也是有弹性的、可选择的，不可能有统一的“阅读计划”。我的建议是，整本书阅读应把精读、略读与浏览结合起来，精读重在示范，略读重在博览，浏览略观大意即可，三者相辅相成，不宜偏于一隅。不仅如此，学生还可以把阅读与写作、读书与实践、课内与课外结合起来。整本书阅读重在掌握阅读方法，拓展阅读视野，培养读书兴趣，养成阅读习惯。

再说写好两篇文。学生读得多了，素养提高了，自然有话想说，有自己的观点和看法要发表。发表的形式可以是口头的，也可以是书面的，书面表达就是写作。写好两篇文，一篇规矩文，一篇放胆文。规矩文重打基础，放胆文更见才气。规矩文要求练好写作基本功，包括审题、立意、选材、构思等，同时还要掌握记叙文、议论文、说明文、应用文的基本要领和写作规范。规矩文的写作要在教师的指导下进行。放胆文则鼓励学生放飞自我、大胆想象，各呈创意、各展所长，尤其是展现自己的应用写作能力、语言表达能力、批判性思维能力和辩证思维能力。放胆文的写作可以多种多样，除了大作文，也可以写小作文。有兴趣的还可以进行文学创作，写诗歌、小说、散文、剧本等。

学习语文还要养成四个好习惯。第一，享受阅读的习惯。爱阅读非常重要。每个同学都应该有自己的个性化书单，有的同学喜欢网络小说也没有关系，但需要防止沉迷其中，钻进“死胡同”。这套“爱阅读”丛书，就给中小学生课外阅读提供了大量古今中外的名家名作。第二，善于思考的习惯。在这个大众创业、万众创新的时代，创新人才的标准，已不再是把已有的知识烂熟于心，而是能够独立思考，敢于质疑，能够自己去发现问题、提出问题和解决问题，需要具有探究质疑能力、独立思考能力、批判性思维和辩证思维能力。第三，乐于表达的习惯。表达的乐趣在于说或写的过程，这个过程比说得好、写得完美更重要。写作形式可以不拘一格，比如作文、日记、笔记、随笔、漫画等。第四，自主学习的习惯。我的地盘我做主，我的语文我做主。不是为老师学，也不是为父母长辈学，而是为自己的精神成长学，为自己的未来学。

愿广大中小学生能借助这套“爱阅读”丛书，真正爱上阅读，插上想象的翅膀，飞向未来的广阔天地！

顾之川

2021 年 10 月 15 日

于京东大运河畔之两不厌居

阅读领航

· 作家生平 ·

拉封丹（1621—1695），法国诗人、寓言作家。出生于法国香槟区的夏托蒂埃里，父亲是湖泊森林管理处的小官员。幼年时常跟父亲到树林里去散步，从小就对大自然无比热爱。

1641 年，拉封丹去巴黎学习神学，后又改学法律，毕业后获得巴黎最高法院律师头衔。1652 年接替父职，但他不善管理，后到巴黎去投靠当时的财政总监富凯。富凯给他年金，让他写诗剧。

1661年富凯被捕，拉封丹写诗向国王路易十四请愿，得罪了朝廷，不得不逃亡到利摩日，从此他对封建朝廷甚为不满。1663 年年末，他返回巴黎，常常出入文艺俱乐部，有了更多的接触和观察上流社会权贵的机会，同时也结识了莫里哀、拉辛等诗人和戏剧家。

1668 年，拉封丹出版了《寓言诗》第一卷，引起很大反响，建立了他的文学声誉，到 1694 年，共出版了十二卷。此外，还出版了五卷《故事诗》。1695 年 4 月 13 日，拉封丹去世，安葬于拉雪兹神父公墓。

· 作品速览 ·

古代的寓言往往过于简短和浅显，要使之成为完整的故事，就必须按一定的道德观念来增加情节和人物（往往是动物）。正是在这方面，拉封丹显示了他无与伦比的艺术才华。他不是简单模仿古代寓言，而是从内容到形式都加以革新。

1

爱阅读
AI YUEDU

《拉封丹寓言》大都取材于古希腊、古罗马和古印度的寓言以及 17 世纪的欧洲民间故事，成功地塑造了贵族、教士、法官、商人、医生、农民等典型形象，涉及各个阶层和行业，描绘了人类的各种思想和情欲，是一面生动反映 17 世纪法国社会生活的镜子。

· 文学特色 ·

拉封丹克服了寓言体裁特有的讽喻性和枯燥的道德说教，最大程度上发展了其中形象性的艺术因素，从而改造了寓言体裁。许多同时代人批评他的这些革新，他们习惯把寓言看作某种类似有教育意义的故事。他们觉得拉封丹试图用诗体来“装饰”寓言，削弱了它独特而富有教育意义的明确指向。别林斯基曾针对克雷洛夫的寓言说：“寓言不是寓喻，也不应当是寓喻的。如果它是好的、诗体的寓言的话，它应当是有人物、有典型性格的小故事或小戏剧，而这些人物和性格都是用诗歌描写的。”这样的看法也可以用于拉封丹的寓言。

拉封丹出色地掌握了简洁结构和挑选艺术细节的技巧，善于利用大众的丰富语言，灵活运用音步自由诗，将寓言戏剧化，极大地拓展了它塑造各种形象的可能性。

2

阅读准备

“作家生平”，走近作家，一睹作家风采；“创作背景”，了解作品创作的时代背景；“作品速览”，把握故事全貌、主题意蕴；“文学特色”，发掘作品深刻的文学价值，以增进理解，提高阅读效率。

名家心得

拉封丹的寓言书、诗故事里的很多的生命道理、世界规则，正是这样长青地不朽着。你从前遇到过它们，后来也会遇到，但是你不知不觉、不明不白、不痛不痒、不舒不坦。而他短短的一则被你读了，就陡然有了一个一个的明白。这个明白，三十岁的时候不同十岁的时候，六十岁到了则又延伸许多、阔大许多。拉封丹用鹅毛笔写出的诗寓言、故事诗是可以阅读很多个年纪的，是给很多年纪的人阅读的，它不是只属于儿童，如同伊索寓言属于人类、安徒生属于人类、格林属于人类，所有的真经典都是人类书，写出人类书的人都是伟大的。

——著名儿童文学作家　梅子涵

拉封丹的诗是“智慧和快乐的花”。

——法国文学家　缪塞

拉封丹的诗是法国人童年时代的乳汁、成年时代的面包、老年时代的营养丰富的菜肴。

——法国批评家　德西雷·尼扎尔

拉封丹的《寓言集》是法国的《一千零一夜》。

——法国文学家　若望·季洛杜

读者感悟

《拉封丹寓言》是我非常喜欢的一本书，因为它不仅有很多有趣的故事，而且还告诉了我们许多道理。

237

爱阅读
AI YUEDU

寓言借助动物之间的故事揭露人性的贪婪、自私等种种弊端，并揭示了这些弊病的恶果，通过对人性假恶丑的描写来告诉我们需要真善美来面对这个社会和世界，好人有好报，恶人有恶报，只有我们自己端正品性才能在这个社会中永久地站稳脚跟，真正立足。

比如在故事《狐狸和葡萄》里，狐狸吃不到美味的葡萄就说葡萄不甜，这提醒人们不要诋毁自己得不到的东西。在故事《狮子和老虎》里，狮子放过老鼠一马，老鼠知恩图报救了他，这告诉我们每个人都有自己的价值。在故事《狼和猎人》里，猎人已经捕获很多猎物，却还想逮住山鹑，最后却被野猪杀死；狼看到地上的猎物欣喜不已，认为是上天的馈赠，在吃掉这些猎物前，他想先吃掉猎人用羊肠做的弓弦，却不想被箭戳穿了肚皮。这告诉我们做人不能太贪心，贪心会带来更大的危险。唯有老老实实地工作、诚恳地做人，才会拥有幸福的生活。

在读这些寓言时，我仿佛又回到了孩提时代。这本书中的每一个故事都有着丰富的哲理，简短的故事中蕴含着发人深省的大道理，我想这正是这本寓言之所以流传如此之久的原因吧！

阅读拓展

《拉封丹寓言》，与《伊索寓言》《克雷洛夫寓言》一起，构成了世界寓言作品中最高的三座丰碑，成为全人类的精神财富。其中的名篇，如《狼和小羊》《乌鸦和狐狸》等在世界许多国家都广为流传，拉封丹本人也作为 17 世纪法国古典文学的杰出代表广受赞誉。19 世纪法国著名文学评论家泰纳称赞他是“法国的荷马”，雨果的《巴黎圣母院》以及莫泊桑的《一生》中都提到他是法国古典文学作家中著名的诗人。

真题演练

一、填空题

1.《拉封丹寓言》的作者是__________。

238

阅读总结

“名家心得”，听听名家怎么说；“读者感悟”，看看别人怎么想；“阅读拓展”，帮你丰富文学知识，增强艺术感受力；“真题演练”，考查阅读本书后的效果，是对阅读成果的巩固和总结。习题具有一定的延伸性和扩展性，对于没有回答上来的问题，读者可以借此发现阅读上的不足，心中带着疑问，为下一次的精读做好准备。

接受文学名著的滋养，读写贯通，读为写用，读写双升

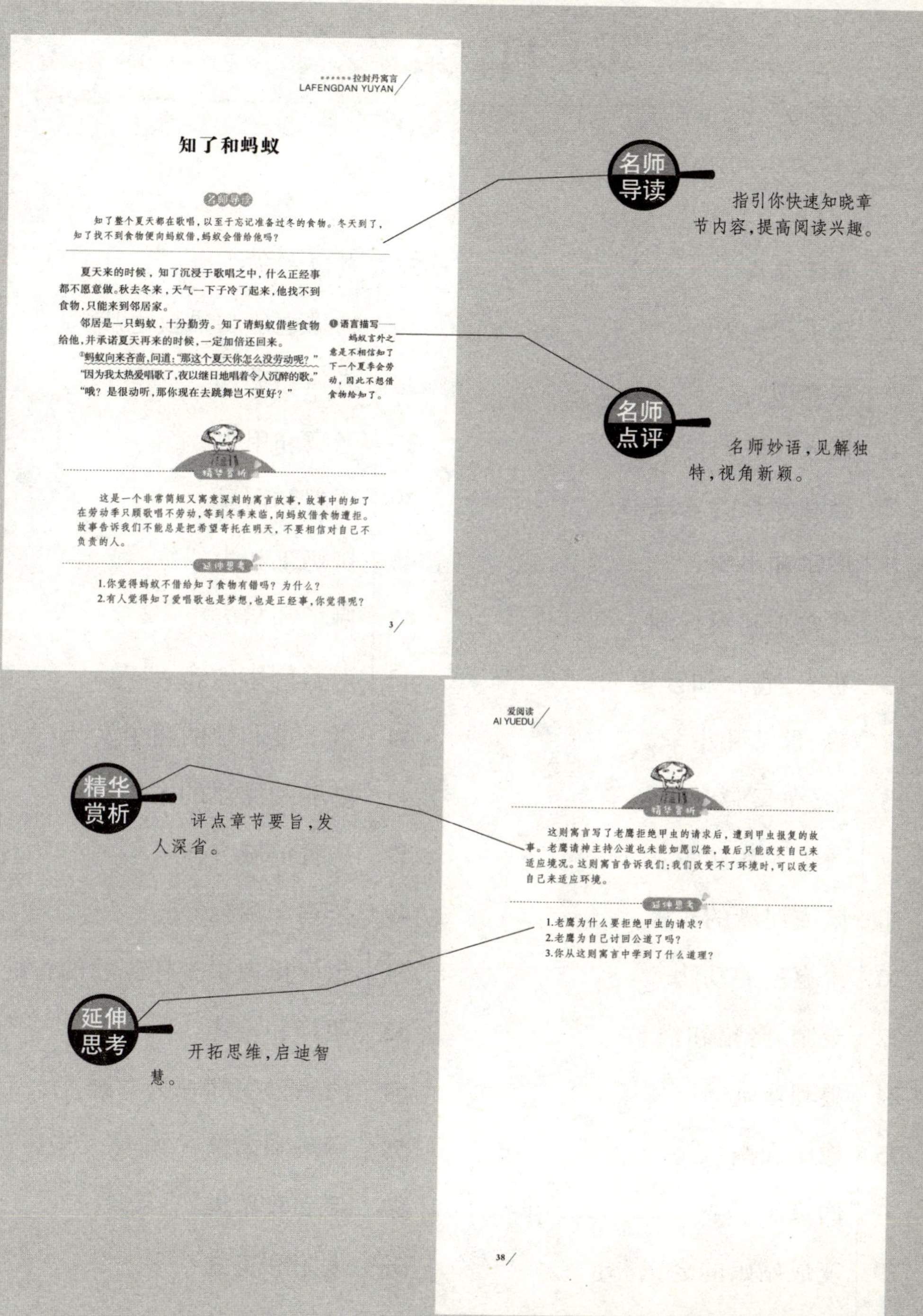

Contents

目录

·作家生平·

拉封丹（1621—1695），法国诗人、寓言作家。出生于法国香槟区的夏托蒂埃里，父亲是湖泊森林管理处的小官员。幼年时常跟父亲到树林里去散步，从小就对大自然无比热爱。

1641年，拉封丹去巴黎学习神学，后又改学法律，毕业后获得巴黎最高法院律师头衔。1652年接替父职，但他不善管理，后到巴黎去投靠当时的财政总监富凯。富凯给他年金，让他写诗剧。

1661年富凯被捕，拉封丹写诗向国王路易十四请愿，得罪了朝廷，不得不逃亡到利摩日，从此他对封建朝廷甚为不满。1663年年末，他返回巴黎，常常出入文艺俱乐部，有了更多的接触和观察上流社会权贵的机会，同时也结识了莫里哀、拉辛等诗人和戏剧家。

1668年，拉封丹出版了《寓言诗》第一卷，引起很大反响，建立了他的文学声誉，到1694年，共出版了十二卷。此外，还出版了五卷《故事诗》。1695年4月13日，拉封丹去世，安葬于拉雪兹神父公墓。

·作品速览·

古代的寓言往往过于简短和浅显，要使之成为完整的故事，就必须按一定的道德观念来增加情节和人物（往往是动物）。正是在这方面，拉封丹显示了他无与伦比的艺术才华。他不是简单模仿古代寓言，而是从内容到形式都加以革新。

《拉封丹寓言》大都取材于古希腊、古罗马和古印度的寓言以及17世纪的欧洲民间故事，成功地塑造了贵族、教士、法官、商人、医生、农民等典型形象，涉及各个阶层和行业，描绘了人类的各种思想和情欲，是一面生动反映17世纪法国社会生活的镜子。

·文学特色·

拉封丹克服了寓言体裁特有的讽喻性和枯燥的道德说教，最大程度上发展了其中形象性的艺术因素，从而改造了寓言体裁。许多同时代人批评他的这些革新，他们习惯把寓言看作某种类似有教育意义的故事。他们觉得拉封丹试图用诗体来“装饰”寓言，削弱了它独特而富有教育意义的明确指向。别林斯基曾针对克雷洛夫的寓言说：“寓言不是寓喻，也不应当是寓喻的。如果它是好的、诗体的寓言的话，它应当是有人物、有典型性格的小故事或小戏剧，而这些人物和性格都是用诗歌描写的。”这样的看法也可以用于拉封丹的寓言。

拉封丹出色地掌握了简洁结构和挑选艺术细节的技巧，善于利用大众的丰富语言，灵活运用音步自由诗，将寓言戏剧化，极大地拓展了它塑造各种形象的可能性。

知了和蚂蚁

名师导读

知了整个夏天都在歌唱，以至于忘记准备过冬的食物。冬天到了，知了找不到食物便向蚂蚁借，蚂蚁会借给他吗？

夏天来的时候，知了沉浸于歌唱之中，什么正经事都不愿意做。秋去冬来，天气一下子冷了起来，他找不到食物，只能来到邻居家。

邻居是一只蚂蚁，十分勤劳。知了请蚂蚁借些食物给他，并承诺夏天再来的时候，一定加倍还回来。

①蚂蚁向来吝啬，问道："那这个夏天你怎么没劳动呢？"

"因为我太热爱唱歌了，夜以继日地唱着令人沉醉的歌。"

"哦？是很动听，那你现在去跳舞岂不更好？"

①语言描写 蚂蚁言外之意是不相信知了下一个夏季会劳动，因此不想借食物给知了。

精华赏析

这是一个非常简短又寓意深刻的寓言故事，故事中的知了在劳动季只顾歌唱不劳动，等到冬季来临，向蚂蚁借食物遭拒。故事告诉我们不能总是把希望寄托在明天，不要相信对自己不负责的人。

延伸思考

1.你觉得蚂蚁不借给知了食物有错吗？为什么？

2.有人觉得知了爱唱歌也是梦想，也是正经事，你觉得呢？

狼和狗

名师导读

一头饥饿的狼在森林里遇到了一只温顺的狗，狼很想吃掉这条狗，可是他听了狗的一番话后竟然逃走了。这是怎么回事呢？

一头饥肠辘辘的狼遇到了一只家养的狗，狗看起来是迷路了。这只狗拥有漂亮的皮毛和健壮的体形，而且十分温驯有礼。狼非常想把狗当成盘中餐，但当下的它显然不是狗的对手。[①]于是，狼在狗面前阿谀奉承起来："我从没见过您这样既潇洒又矫健的绅士。"狗答道："这没什么，如果你不在森林里生活，也能跟我一样。你之所以会饿成这个样子，就是因为总是食不果腹、吃了上顿愁下顿，不得不自力更生。不如跟着我吧，那样你就再也不会饿肚子了！"

❶语言描写 体现了狼的聪明狡猾，从侧面交代狗已被驯化。

狼问道："那我的职责是什么呢？"狗答："非常简单，不过是偶尔陪人类在山间打猎，平日里看管家财就好。事实上，如果你能学会摇尾求食，就算你什么都不做，照样有吃有喝。"听闻此，狼感到十分开心，甚至流下了热忱的眼泪。[②]忽然，他发现了什么，指着狗的脖子问道："这儿怎么了？为什么脱了毛？""哦，这没什么。""没什么？到底是怎么回事？可以告诉我吗？""应该是项圈戴久了摩擦导致的，毕竟人类要牵着我们走动。""牵着你？你不能随心所欲决定自己去哪儿吗？""有时候是这样的，但这又有什么关系呢？不愁吃喝还不够吗？我不想去任何地

❷语言描写 突出了狗和狼截然不同的态度，对限制狗的自由的项圈，狼感到很惊讶，狗却习以为常。

方。”听到这里，狼落荒而逃。

精华赏析

这则寓言中的狼不惧狗的健壮，却被狗为了生存放弃自由的行为吓退，讽刺那些为了利益不顾名节和自由的人，像被驯化的狗一样可悲。这则寓言告诉读者要像狼一样追求自由，不要为了一己私利出卖自己的灵魂。

延伸思考

1.你喜欢故事中的狗还是狼？为什么？

2.狼为什么要逃走？

3.你从这个故事中学到了什么？

被人打败的狮子

名师导读

人自认为能够打败狮子，就画了一幅狮子被人打败的画拿出来展览，好像真的打败狮子了，还为此沾沾自喜。那么，狮子看到这幅画后会怎么想呢？

一幅画被展出，画面上的情景是一个人打败了一头狮子。旁观者觉得扬眉吐气，忘乎所以。

①路过的狮子看到了，冷哼道："人类打败了狮子？啊，这看起来很令人鼓舞。但这不过是一幅画，其中的内容都是虚构的。如果我们狮子也能动笔画画，恐怕画面上被打败的就是人类了。"

❶ **语言描写** 表现了狮子不屑的态度。

精华赏析

这则寓言描写了人和狮子对同一幅画的不同看法。通过这个故事，我们发现有些所谓的真相只是人们一厢情愿的想法，想要更全面地看清问题，就应该多角度地辩证地看。

延伸思考

1.人为什么要画狮子被打败的画？
2.狮子为什么要对画冷嘲热讽？
3.这个故事蕴含了哪些道理？

猫和年长的老鼠

名师导读

一只残暴的猫用装死的方法引老鼠出洞，并且成功抓获了几只老鼠。后来他又想到了用全身涂面粉的方法引老鼠出洞。这次老鼠还会上当受骗吗？

有一只猫，异常残暴，他善于捕鼠，许多老鼠都丧命于他的爪子之下。因为有这只猫的存在，那些老鼠只能终日躲在鼠洞里，不敢迈出洞口半步。

①对此，猫主动出击，想要通过计谋引诱老鼠出来，这样才能捕捉到更多的老鼠。他想出了一个"装死"的主意。很快，老鼠们就上当了。所有老鼠从鼠洞里钻了出来，他们看见猫的"尸体"，无不欢欣雀跃，认为坏日子终于到头了。就在他们兴高采烈庆祝的时候，猫居然"复活"了！老鼠们吓得四处逃散，但落在后面的几只都被猫捉了去。猫得意地说道："我就知道你们会上当！不会使用手段骗老鼠的猫不是一只好猫，我的主意可多着呢，谁都跑不了！"

❶心理描写 猫想办法引老鼠出洞，表现出了猫的狡猾，为下文做铺垫。

没过多久，猫又想出了新主意。他给自己浑身都涂满了面粉，然后藏在了一个打开的木箱中。一只身经百战的老鼠率先跑出来侦探情况。很快，他闻到了猫的气味，说：②"可惜你这次要空手而归了，就算你浑身涂满了面粉，我也知道这不过是你布下的圈套！"

❷语言描写 老鼠识破了猫的阴谋，表现出谨慎小心的特点。

这只老鼠行事谨慎，值得我们学习。毕竟凡事都小心谨慎为好，才不会落入他人的圈套。

精华赏析

寓言中的老鼠面对凶残又狡猾的猫，善于吸取教训，并成功识破猫的阴谋。这则寓言告诉我们失败后要善于分析、总结，做一个小心谨慎的人。

延伸思考

1.试分析猫和老鼠的性格。

2.猫第一次为什么能够成功地让老鼠上当受骗？

3.你从这个故事中总结出了哪些道理？

驴子和小狗

名师导读

驴子每天勤劳地干活，本来过得挺好的，有一天突然异想天开想唱歌给主人听，没想到被主人乱棍打了一顿。这到底是怎么回事呢？

有一只小狗非常可爱，深受人们的宠爱。对此，驴子起了嫉妒心："这世道太不公平了！①凭什么他摇尾乞怜就能受尽恩宠，被人们争相抚摸拥抱，而我勤勤恳恳吃苦耐劳，得到的却是人们的棍棒相加。装可爱谁不会？我也可以！"

❶心理描写

驴子因嫉妒小狗而为自己愤愤不平，为下文埋下伏笔。

驴子跑到主人跟前东施效颦、阿谀谄媚，还想唱歌给主人听。可就在他如痴如醉得意忘形之时，主人大声吼道："把棍子给我！我要好好收拾收拾这头驴！"

挨了一顿打之后，驴子再也不敢想入非非了。

精华赏析

驴子因嫉妒做了不恰当的事情，落得被打的下场。这则寓言告诉我们不要小瞧每一个人，不要为了哗众取宠而忘记自己的本分。

延伸思考

1.驴子为什么嫉妒小狗？

2.有人觉得驴子被打很冤枉，你怎么看？

伐木工和墨丘利

名师导读

伐木工把赖以生存的斧子弄丢了，没有办法继续维持生活，他伤心地向神祷告，希望能够找到斧子。那么，伐木工能找到自己的斧子吗？

❶解释说明

突出斧子对伐木工的重要性。

有一个伐木工不小心把自己的斧子给弄丢了。对他而言，这是一件大事。[①]毕竟，丢失了斧子的伐木工无异于丢失了工作，他还怎么通过自己的双手维持生活呢？为此，他整日唉声叹气，声泪俱下。他对神祈祷："尊贵的万神之王朱庇特，求求你将我的斧子还给我吧！没有斧子，我就没办法生存下去！"

信息之神墨丘利得知了这一消息，被这个伐木工由衷的心声感动了。于是他来到伐木工身边，安慰道："不用再悲伤了，我在附近找到了你的斧子，特意来带给你。"说完，他就给了伐木工一把金斧子。伐木工见状，惊讶地说道："神啊，这把斧子很好，但并不是我的。"墨丘利闻言，又拿出一把银斧子，笑问："那这一把是吗？"伐木工仍摇摇头，表示这不是他的斧子。最后，墨丘利拿出一把木柄斧子。[②]伐木工终于喜笑颜开，感激地说："就是它！这就是我的斧子！实在是太好了！"墨丘利对此颇为欣慰，赞道："你是一个诚实的人，作为奖赏，这三把斧子都给你，你值得拥有这样的嘉奖！"伐木工非常开心，收下了神赐予他的三把斧子。

❷神态、语言描写

生动、形象地突出了伐木工的诚实和淳朴，正因如此他才会得到神的嘉奖。

很快，这个故事就在人们中传开了，竟有许多贪心的人故意丢掉自己的斧子，并祈祷神的帮忙。墨丘利又来了，并赠出了金斧子。看到金斧子的人都按捺不住心头的喜悦，收下了斧子，最终却遭到了责罚。

许多人都会如此，见利忘义，谎话连篇，最终却得不偿失。

精华赏析

这则寓言讲述了伐木工因祸得福的故事。墨丘利为了嘉奖伐木工的诚实，把金斧子和银斧子送给了他，这本是一桩美谈，却让贪心的人起了不轨之心。这则寓言告诉我们，人一旦起了贪心就会生恶念食恶果的道理，做人应该坚守最基本的道德底线，爱财不能失德。

延伸思考

1.伐木工的什么品质值得我们学习？

2.墨丘利第一次给伐木工金斧子的目的是什么？

3.对人们故意丢掉斧子的行为，你怎么看？

猎人、苍鹰和云雀

名师导读

苍鹰好不容易捉住了云雀，不料却落入猎人的网中，他觉得自己非常无辜，让猎人放了自己。猎人会答应他的要求吗？

一个猎人捕猎，他利用镜子和诱饵设下了陷阱。

没多久，一只云雀朝诱饵飞来，可还没有等他落入陷阱，一只苍鹰也飞了过来。[①]苍鹰捉住了云雀，正准备饱餐一顿，却被一张大网罩住了，动弹不得。他和云雀都成了猎人的战利品。

①叙述 苍鹰因小失大被猎人捕获，这让故事情节更精彩。

苍鹰不服，大声说道："快放开我！我并没有冒犯过你！"猎人听闻，反问道："难道那只可怜的云雀冒犯过你吗？"

精华赏析

苍鹰和猎人都是为了生存捕猎，在他们看来，自己的行为合情合理，但是对被捕的对象来说，却是蛮不讲理。这则寓言告诉我们，世上很多事情的好坏、对错都是相对的。

延伸思考

1.苍鹰为什么会被猎人抓住？

2.苍鹰要猎人放他的理由是什么？

狼、母羊和小羊

名师导读

老狼知道了羊妈妈和小羊之间的暗语，趁羊妈妈出门后敲响了门，学着羊妈妈说出了暗语，想骗小羊开门并吃掉他们。那么，小羊会上当吗？

羊妈妈要外出为自己的孩子们觅食。临走前，她叮嘱道："我走之后，一定不要给陌生人开门，只有听到我的声音才可以，而且我会说一句暗语——'老狼没安好心'，你们可要记好了！"

[1]羊妈妈交代这些的时候，老狼恰巧就在门外，听到了所有内容，并将羊妈妈的话全记在了心里。

> ①叙述
> 老狼知道了羊妈妈和她的孩子们的约定，让故事的气氛变得紧张起来，为下文做铺垫。

没一会儿，等羊妈妈离开后，老狼敲响了门，他惟妙惟肖地模仿着羊妈妈的声音，并在门外说了那句暗号："老狼没安好心。"他以为小羊会上当，哪知小羊并没有来开门，反倒小心地说："把你的手掌伸出来，我要看看是不是妈妈的白手心。"狼无可奈何地离开了。

所以，凡事都保持警惕之心是非常重要的。

精华赏析

这则寓言用一个非常简短的故事阐述了深刻的道理，让读者在享受阅读的同时，情感也得到了升华。小羊凭借自己的聪明和谨慎智退狡猾的老狼，让我们明白了时刻提高警惕的重要性。

延伸思考

1.请分析寓言中老狼的性格特点。

2.小羊是怎么识破老狼的?

3.你在小羊的身上学到了什么?

猫、黄鼠狼和小兔子

名师导读

小兔子因为黄鼠狼霸占了他的窝而和黄鼠狼争执起来，他们都觉得窝是自己的，谁也不肯让步，僵持之下他们找到猫做评判。那么，猫会做出什么样的评判呢？

某天清晨，黄鼠狼趁小兔子出门散步的时候，霸占了属于小兔子的窝。小兔子从外面回来后，发现自己的家已经被黄鼠狼侵占了，很气愤，说道："你为什么要这样做？！这个窝是我们祖祖辈辈传下来的，根本不属于你！"[①]黄鼠狼强辩道："谁说这里属于你了？现在我住在这里，这里就属于我！我们的法律可没有哪一条规定家产是父传子辈的。"

听到黄鼠狼的狡辩，小兔子愤慨应道："家产代代相承是天经地义的。现在你趁我不在霸占了我的家，难道就有理了吗？这个窝就归你了吗？"面对小兔子的据理力争，黄鼠狼只好说："不如我们找一个中间方做评判吧！"

于是他们一起找来一只面相和善、遁世多年的猫来做评判，断定这个窝到底应该属于谁。

猫说道："你们离我近一点儿，我年纪大了，听力退化，实在听不清楚你们到底说的是什么。"听闻此，黄鼠狼和小兔子不假思索向前迈步走到了猫身前。[②]此时，猫竟突然扑了过去，一把捉住了黄鼠狼和小兔子。

❶语言描写 黄鼠狼强词夺理，表现出他霸道和蛮不讲理的特点。

❷动作描写 说明猫蓄谋已久，表现了他的狡诈。

“人为刀俎，我为鱼肉”说的就是这个道理，他们都成了猫嘴里的美食。而这一幕，与那些小人物在尊贵的国王面前争辩的场面又有什么不同呢？

精华赏析

这则寓言讲述了黄鼠狼和小兔子为了抢地盘而丢掉性命的故事。他们本可以心平气和地商量出一个解决矛盾的对策，却将自己的权利交给了不相干的猫，招来了杀身之祸，这是一个非常愚蠢的决定。这则寓言故事让我们明白了不要轻易放弃自己的权利，无谓的争执会让人失去理智。

延伸思考

1.你觉得黄鼠狼和小兔子谁对谁错？为什么？

2.猫为什么能够轻松地抓到黄鼠狼和小兔子？

3.你从这则寓言故事中悟出了哪些道理？

牧羊人和狮子

名师导读

牧羊人答应神用最肥美的羊作为交换条件，让偷吃羊的凶手现身，并下决心好好惩治凶手。可是当神让凶手现身的时候，牧羊人却让神带走凶手，这是怎么回事呢？

牧羊人的羊丢了，他首先怀疑起狼，因为狼总是来偷羊吃。

他诚恳地对上天说道：[1]“尊贵的朱庇特！至高无上的万神之王！请让凶手现身吧！我要好好地惩治他一番！作为回报，我也会挑选出最肥美的羊献给您的！”

❶语言描写 牧羊人的话充满了自信，和下文形成了强烈对比。

他刚说完，面前就出现一头凶恶的狮子，这可吓坏了牧羊人。他赶忙求救道：“神啊！请您将这头狮子带走吧！我宁愿用最健壮的牛来交换！”

精华赏析

猎人因为做了错误的判断引来了狮子，置身于危险的处境中，从中我们懂得了做承诺需谨慎的道理，切忌盲目承诺，以免得不偿失。

延伸思考

1.牧羊人的羊到底是谁偷吃的？

2.牧羊人为什么不惩治凶手？

陷入泥潭的车夫

车夫在驾车的时候不小心陷进了泥潭里，马匹动弹不得，他也没有办法，只好向大力神海格力斯求助。后来马车真的走出了泥潭，这是怎么回事呢？

在一个偏僻荒凉的村落，一驾马车不小心陷入了泥潭之中。

马车上装满了干草，驾车的车夫不满地责怪起满是淤泥的泥坑、动弹不得的马匹以及束手无策的自己。最终，他向神求救道："力大无比的海格力斯，求你帮我走出困境吧！"

[①]大力神海格力斯听到了，对他说："你的车轮和车轴上都是烂泥，你应该先把这些烂泥处理掉，然后把挡路的石头填进车辙里。"

❶语言描写 海格力斯并没有直接帮车夫拉出马车，而是告诉他方法。

车夫按大力神的话做了，然后说道："您让我做的，我都做完了，接下来呢？"

海格力斯回答："接下来，你只要拿起手里的皮鞭就好了。"

车夫刚用皮鞭赶了下马车，车轮竟从泥潭中挣脱了出来，马车又开始滚滚前行了！

这个故事告诉我们的道理就是：自助者天助之。

读书笔记

精华赏析

这则寓言中的车夫在得到海格力斯的指点后，通过自己的努力拉出了马车。我们应该明白遇到困难不沮丧、多动脑筋解决困难的道理。

延伸思考

1.车夫是怎样让马车从泥潭里走出来的？

2.海格力斯是大力神，他为什么不直接把马车拉出来？

3.读完这则寓言，你明白了什么道理？

患瘟疫的动物

为了惩罚罪恶深重的动物，老天给世间制造了一场“瘟疫”。为了走出这样的困局，动物们决定把恶贯满盈的动物献给上天。那么，什么动物会被献出去呢？

老天为了惩处世间的罪行，创造了一种骇人的疾病，人们称之为“瘟疫”。瘟疫爆发，动物饱受苦难，死伤无数，只剩下些侥幸留下半条命的动物们苟延残喘。

面对这样的困局，狮王将幸存的动物们召集在一起，提议道：“看到世间的惨状，实在令我痛心疾首！朋友们，这样下去是不行的。既然上天要惩处罪行，不如让我们把那些恶贯满盈的动物们献给老天。这样一来，也许神会宽恕世间，起码能给其他动物留一条活路。①我自告奋勇献身，因为我曾大开杀戒，吃了许多羊，甚至牧羊人也曾葬身于我的爪牙之下。各位有什么看法，请畅所欲言！”

❶语言描写 狮子嘴上说已经决定献身，却还要征求意见，说明他的惺惺作态和虚伪。

狐狸先开了口：“尊敬的陛下，我从没见过您这样开明大度的明君。其实您不过是吃了几只羊，那根本算不得罪行。我倒认为那几只羊死得其所，这是他们的荣幸！而牧羊人也不过是一些自作聪明之辈，说到底，也算动物。”狐狸的这番表态令大家交口称赞。

读书笔记

与此类似，动物们也不敢责问其他凶猛的动物，譬如老虎、熊，等等。终于轮到了一头驴发表看法：“有一次，我在一个僧人的牧场偷吃了一些草。”他话还没说完，其他动物就认为驴是罪魁祸首，于是将驴献给了老天。

精华赏析

狮子是森林之王，谁敢把他献给上天呢？他自告奋勇只是为了掩人耳目，暴露了作者所处社会环境的当权者惺惺作态的丑恶嘴脸。驴无辜弱小却被当成罪魁祸首，揭示了小市民艰苦的生存环境。

延伸思考

1.狮子真的想把自己献给上天吗？为什么？

2.驴子为什么会被献给老天？

3.你在这则寓言中看出了哪些问题？

老鹰、野猪和猫

名师导读

老鹰、野猪和猫住在同一棵树上，一直过着很平静的生活。后来老鹰和野猪都死掉了，而猫却活得很好，还子孙满堂。这到底是怎么一回事呢？

老鹰、野猪和猫都把自己的家安在了一棵树上。老鹰占据了树顶的位置，野猪栖息于树下，而猫则把家安在了树当中。

三个家庭本来相安无事。可是有一天，猫爬到老鹰家，神秘兮兮地说：[①]“大事不妙！我看到野猪正在树下挖洞，看样子她是想把这棵树弄倒。这样一来，我们的孩子就会成为她的盘中餐！”说完，她又爬到树下对野猪说：“告诉你一个秘密，老鹰一直对你的孩子们图谋不轨，你一出门，她就会过来把你的孩子们都抓走！”

①语言描写　猫抓住老鹰和野猪爱子心切的心理，离间她们的关系，表现了她的狡猾。

老鹰妈妈和野猪妈妈都轻信了猫的话，不敢离开家半步，生怕自己的孩子会遭到不测。这样一来，老鹰和野猪都因为没有食物而饿死了。只有猫的家族日益昌盛，子孙不断。

精华赏析

这则寓言中的猫用卑劣的手段达到自己的目的，为人不齿，老鹰和野猪也为轻易相信别人付出了代价。这则寓言告诉我们，应该学会明辨是非，要对那些爱背后嚼舌根的人提高警惕。

延伸思考

1.你喜欢故事中的猫吗？为什么？

2.怎样评价猫两边撒谎的行为？

3.老鹰和野猪之死，让你明白了什么道理？

狼和瘦狗

名师导读

狼遇上了一只很瘦的狗，眼看就能饱餐一顿了。可是当狼听了狗的一番话后，却放狗走了。狗到底跟狼说了什么话呢？我们一起来看看吧！

一头狼和一只瘦狗狭路相逢。很快，狼就摆出了攻击的架势。

狗哀求道："我瘦弱不堪，吃进嘴里也一定不怎么好吃。我主人家过几天有喜事，我能趁喜宴好好地吃一顿。到那时你再吃我可好？"[①]狼认为这主意不错，答应了他的请求。

①心理描写 狼因为贪心相信了狗的话，可见他是一个非常愚蠢的家伙。

几天后，狼跑去找那条瘦狗。瘦狗躲进自己的狗窝，对外面的狼说道："没问题，来吃我吧，门口还有一只十分强壮的看门狗，你可以把我俩都吃了。"狼撒腿就跑了。

精华赏析

这则寓言短小精悍，用简短的语言刻画出狗的机灵和狼的愚蠢，给人留下深刻印象，令人深思，发人深省。

延伸思考

1.狼为什么要放走瘦狗？

2.你从狼的身上得到了什么教训？

橡子和南瓜

我们都知道橡子个头小，长在粗壮的树干下，南瓜个头很大，却长在细细的藤蔓上，这是为什么呢？我们跟着故事中的农夫一起来探索这个问题吧！

农夫对着橡子和南瓜，百思不得其解。在他看来，南瓜个头丰硕，却长在那么细的蔓藤上，实在是不应该。于是他自己动手，把南瓜挂在了橡树上。

他盯着橡子看了一会儿，不住地在心里嘀咕："橡子这么小，根本不需要那么粗壮的树干，上帝为什么要如此安排呢？"①此时，他感到疲倦不堪，于是就地而坐，靠着橡树睡着了。

> ①动作描写　农夫苦思冥想后在树下睡着了，为下文橡子落在农夫的鼻子上做铺垫。

就在他还沉浸在美梦之中时，一颗橡子竟从树上脱落了，恰巧砸中了他的鼻子。

一下子清醒过来的农夫茫然地摸了摸自己的脸，竟发现上面有血迹。此刻的他似乎明白了什么，喃喃自语道："还好是一颗橡子，如果是南瓜掉下来，恐怕我必死无疑。我错了，不应该质疑上帝，上帝的安排是最好的安排。"

农夫明白的只是表象，是他主观的想法，实际上他什么也不明白。大胆质疑、善于思考是一件好事，但不能一知半解就停止探索和思考。这则寓言告诉我们在求知时一定要有严谨的态度和持之以恒的耐力。

延伸思考

1.农夫一开始为什么百思不得其解？

2.农夫最后明白了什么？

3.通过这则寓言故事，你学到了什么？

两只鸽子

名师导读

两只关系很好的鸽子因为意见不合产生了分歧，一只认为去远方可以增长见识，一只认为远方前途未卜，充满了困难和危险。到底谁是对的呢？

两只鸽子关系很好，可是他们却产生了分歧，因为一只鸽子想飞向更远的地方。[1]对此，另一只鸽子有不同的看法："外面的世界听起来很美好，但旅途是困苦而多舛的。"

①语言描写 表现出这只鸽子谨慎的性格。

想飞更远的那只鸽子回答说："我还是想去见见世面。放心，我只在外面待三天，一定平安回来。"说完，他就上了路。

最初，一切顺利。过了一会儿，鸽子遇上了大雨，他无处躲雨，浑身都被淋透了。当雨终于停了的时候，他在阳光下晒干自己的羽毛，准备继续上路。

飞了一会儿，鸽子来到了一片麦田中，饥肠辘辘的他本想大饱口福，却不幸掉入了猎人布下的陷阱之中。此时，一只老鹰出现，并用自己锋利的爪子捉住了鸽子，又朝天空中飞去。

读书笔记

鸽子本以为自己死定了，哪想又有一只老鹰飞了来。两只老鹰为争夺他大打出手，鸽子赶忙趁机飞走了。

经历了重重劫难的鸽子看到了一间小屋，他想在此短暂休憩，但厄运并未真正结束。一个小男孩儿捉住了他，把玩之间竟将他的腿折断了。

❶设问

结尾处用一个问句表达了故事的主题思想，起到了深化主题的作用。

[1]有时候，人就好比这只鸽子，总想着行走天下，但是前方的路就一定平坦幸福吗？

我们看过很多鼓励人们勇往直前的文章，但是这则寓言却写出了行路者的艰辛，反映了人们为生活四处奔波的社会现状，告诫人们凡事量力而行，不可贸然激进。

延伸思考

1.读完这个故事，你有何感想？

2.你会选择安稳度日的生活，还是披荆斩棘的生活？为什么？

3.你从这个故事中悟出了什么人生道理？

变成姑娘的老鼠

好心的人认老鼠变成的美丽姑娘做女儿，他为了让女儿嫁一个最厉害的丈夫，分别请太阳、云朵和风做自己的女婿，但均遭到拒绝。这是为什么呢？

一只老鼠遭到猫头鹰的追杀，身负重伤。一个好心人救了他的命，而且为了让老鼠的后半生免于被猎捕，好心人请巫师对老鼠施了魔法——把老鼠变成了美丽的姑娘，并认她做女儿！

①好心人对老鼠说："你实在是太美了，如此一来，你的丈夫定会遭人嫉妒，所以我必须为你找一个最厉害的丈夫！"

❶语言描写 推动故事情节发展，为下文寻婿做铺垫。

他请太阳做他的女婿，可太阳谢绝了："我并不是最厉害的，云更胜一筹，因为他可以毫不费力遮住我散发的光芒。"

好心人又请云做他的女婿，但云也婉拒了："风比我厉害，轻轻一吹就能吹散我。"

好心人去征求风的意见，风又答道："我并不是最强的，山可以轻而易举挡住我。"

好心人又去问山，结果山回答："老鼠可是我的天敌，他们总是神不知鬼不觉就在我身体里挖洞。"

听到这儿，姑娘不可置信道："你说什么？居然是老鼠！真是太滑稽了！"

精华赏析

这则寓言讲了一个人试图改变老鼠的命运的故事，情节一环扣一环，写出了自然界一物降一物的规律。通过人无法改变老鼠的命运这一事实，让我们明白了人不能强行改变自然规律的道理。

延伸思考

1.人为什么要为老鼠变成的女儿找一个最厉害的丈夫？

2.故事中谁才是最厉害的？请说明理由。

3 你从这则寓言故事中领悟到什么道理？

两只老鼠、狐狸和鸡蛋

很多人认为动物不会思考，只会重复做相同的工作，事实真是如此吗？你赞同这样的观点吗？我们一起看看下面的故事对此有什么新解。

蜜蜂十分勤劳，而且总是不辞辛苦，它们的这一行为却被一些哲人解读为：动物的行为是毫无意义的，所以它们无法感知外界，更是缺乏智谋。按照哲人的这一观点，动物只是一个没有灵魂的空壳罢了，空有一副躯体，里面装着些按部就班的齿轮，推动它们的生命前进。①它们没有情感，更不会思考，只会机械地重复相同的工作，就像是一只被发条驱动的手表。

❶ **提出对立观点** 抛出对立的观点，为下文引出论点做铺垫。此处将动物比作手表，让枯燥的说理变得通俗易懂起来。

恕我直言，我并不认同这些观点。在我看来，动物可以从劳动和生活中获取经验，并依靠经验得到本能反应，以帮助它们应对之后有可能出现的状况。当然，有人会说："本能不需要经验和思维，是原本就存在的。"

那我不得不讲一个故事了。有两只老鼠发现了一个鸡蛋，垂涎三尺。此时，一只狐狸正从远处走来。老鼠们感受到了威胁，不希望把这个鸡蛋白白送给狐狸，只好想办法将鸡蛋占为己有。但鸡蛋易碎，想顺利搬回它们的窝并不是一件易事。②最终，两只老鼠共同协作：一只抱住鸡蛋小心翼翼地躺在地上，它的尾巴被另一只老鼠抓在手里，一步一步被拖进了洞里。虽然过程艰辛，但它们确实想办法保住了自己的晚餐。由此可见，动物是具备

❷ **举例论证** 举两只老鼠用智谋保护鸡蛋的例子来论证论点，具有极强的说服力。

思考能力的。

毋庸置疑，人类的智慧绝对是在动物之上的。我们不仅会想办法，还会总结经验教训、判断是非，这两点是动物所不具备的。但我还是坚信，动物并不仅仅依靠本能生活。[①]概括而言，在我的观念里，人类最宝贵的精神财富是常识和领悟能力。前者给予我们判断的依据，譬如我们会认为有些人聪敏听话，还有一些人愚昧可笑；而后者则是一种更为广义的思考能力，象征着没有止境的睿智。

①总结

作者表达了自己的观点，让文章的主旨得到了升华。

这是一则说理性很强的寓言，作者讲两只老鼠齐心保护鸡蛋的故事，来推翻“动物缺乏智谋”这一观点。观点明确，论据有力，让读者对动物和人类本身有了更深的认识。

延伸思考

1.这则寓言的主要论点是什么？

2.作者为什么要写两只老鼠保护鸡蛋的故事？

3.这则寓言蕴含了哪些深刻的道理？

老鼠和猫头鹰

名师导读

人们看到猫头鹰的巢穴时，发现里面有许多四肢残缺的大老鼠，这是怎么一回事呢？让下面的故事为我们揭晓答案吧！

一棵松树被砍倒在地，原本筑在树上的猫头鹰巢穴也被发现了。[1]人们惊奇地发现巢穴里没有猫头鹰，却有一群身体壮硕而四肢残缺的老鼠！究竟发生了什么？

原来，猫头鹰抓了许多老鼠回自己的窝，但他一顿吃不下，于是准备留着慢慢吃。可是他又担心老鼠会跑掉，于是用嘴巴啄断了老鼠的四肢。

这样的事实摆在面前，难道还有人认为动物没有思考能力吗？

❶叙述、设问　既能吸引读者注意，又能很自然地引出下文。

精华赏析

这则寓言通过写猫头鹰啄伤老鼠不让其逃跑，来阐述动物有思考能力的观点。作者没有连篇累牍地议论，只用寥寥数笔讲了一个故事，就令人心服口服。

延伸思考

1.这则寓言阐述了什么观点？

2.猫头鹰为什么要啄断老鼠的四肢？

狗猫之争和猫鼠之战

主人多给了狗一份骨头汤，违反了猫和狗和平共处的《公约书》，还让猫和老鼠成了仇家，这到底是怎么一回事呢？我们在下面的故事中一起找答案吧！

有一个人养了一群猫，还养了一群狗。奈何，猫狗天生不对付，这群猫和狗无法和睦共处。于是，这个人亲自撰写了一份《公约书》，用来规定猫狗各自的行为规范和奖赏分配规则。得益于这份《公约书》，猫和狗之间相安无事了很长时间。

①直到某天，一条母狗怀了小宝宝。主人怜悯她，于是多给了她一份骨头汤当作犒劳。但《公约书》并没有明文规定这一点，于是这样的举动遭到了猫群的抗议。狗和猫之间的纷争再度爆发。

❶叙述：一份骨头汤成为整个事件的导火索，为故事情节发展做铺垫。

主人没能顺利解决这场纠纷，猫跑到城里找律师寻求帮助，希望能通过诉讼的方式来捍卫自己的权利。可关键时刻，他们发现打官司的依据——那份《公约书》找不到了。他们找遍了每个地方都一无所获。最终，他们发现这份《公约书》竟然被老鼠咬坏了。

没了证据，他们无法再提起诉讼。所以，猫非常痛恨老鼠，立誓从此跟老鼠势不两立。老鼠和猫因此成了世仇。

②和这个故事类似，在我们的世界里，也有不少人会因为鸡毛蒜皮的小事而大动干戈，甚至不惜使用暴力。事

❷总结全文：把故事和现实结合在一起，让文章的主旨更加明确。

实上，这种行为愚不可及又荒唐可笑。

精华赏析

这则寓言讲了一场骨头汤引发的猫狗之争，并由此发酵成猫鼠之战。我们从中明白为鸡毛蒜皮的小事大动干戈不明智，尝试让天生对立的生物和睦相处亦是徒劳。

延伸思考

1.猫和老鼠为什么结下仇？

2.有人说这则寓言中的主人是整个事件的罪魁祸首，你觉得呢？

3.你从这则寓言中领悟到了什么道理？

狐狸和火鸡

名师导读

火鸡为了抵抗狐狸的入侵做好了万全的准备，可是当胜利就在眼前时，火鸡惨败。到底是什么原因让火鸡功亏一篑呢？我们来看看这个故事吧！

狐狸是火鸡的敌人。为了抵抗狐狸的侵犯，火鸡们不仅将树打造得固若金汤，还在夜晚严加防守，对任何风吹草动都严阵以待。[1]这样一来，虽然狐狸老奸巨猾，却始终找不到成功的攻击办法。

❶叙述 进一步强调火鸡防守严密，为下文写火鸡的百密一疏做铺垫。

天很快就要亮了，胜利就在眼前，但有几只火鸡由于精神紧张缺乏休息，最终体力不支倒在了树下。如此一来，狐狸大获全胜。

所以说，在危险面前，我们的警惕也该适度，否则会招来更大的麻烦。

精华赏析

火鸡在对抗狐狸时做好了所有的准备，却由于过度紧张导致功亏一篑。这则寓言告诉我们：即使在关键时刻也不能过度紧张，张弛有度才能取得更好的效果。

延伸思考

火鸡为对抗狐狸做了什么准备？

老鹰和甲虫

名师导读

兔子被老鹰捉到后，他的朋友甲虫向老鹰求情，求老鹰放了他。老鹰会答应甲虫的请求吗？我们一起来看看吧！

一只兔子拼命逃跑，想要躲过老鹰的追逐，但老鹰紧追不舍。

跑了一会儿，兔子看到一个甲虫洞，毫不犹豫地钻了进去。但这个洞并不能阻挡老鹰。兔子被老鹰捉到的时候，[①]一旁的甲虫求情道："请您发发慈悲放过这只可怜的兔子吧！您不答应的话，就请连我也抓走。我和兔子情同手足，不求同年同月同日生，但求同年同月同日死。"然而面对甲虫的哀求，老鹰置若罔闻，直接抓着兔子飞走了。

①语言描写

甲虫用自己的性命向老鹰求情，说明甲虫是一个非常重情义的朋友。

甲虫对此非常气愤，便偷偷溜进了老鹰家，破坏了所有的老鹰蛋。

回到家的老鹰看到自己还未孵出的孩子都死了，痛心疾首，于是向朱庇特控诉甲虫的罪行，但甲虫也理直气壮地进行了驳斥。朱庇特无可奈何，只好劝老鹰以后挑甲虫冬眠的日子繁衍自己的后代。

精华赏析

这则寓言写了老鹰拒绝甲虫的请求后，遭到甲虫报复的故事。老鹰请神主持公道也未能如愿以偿，最后只能改变自己来适应境况。这则寓言告诉我们：我们改变不了环境时，可以改变自己来适应环境。

延伸思考

1.老鹰为什么要拒绝甲虫的请求？

2.老鹰为自己讨回公道了吗？

3.你从这则寓言中学到了什么道理？

狐狸和面具

名师导读

狐狸带着驴子一起看一尊威武雄壮的雕塑，驴子看到了雕塑惟妙惟肖的外表，而狐狸却能看出其中的奥妙。那么，狐狸到底看出了什么奥妙呢？

大人物往往喜怒不形于色，他们外表高贵优雅，人们很难看清他们内心真正的想法。驴子觉得扑朔迷离的事，在狐狸眼里却一清二楚。

某一天，①狐狸给驴子介绍一尊雕塑，那是一个英雄的雕塑，威武雄壮。

① 叙述 强调雕像外表威武，更能讽刺其内心空无一物。

狐狸说："看，这雕塑惟妙惟肖好不威风，可惜这人却没有一个聪明的脑袋，愚不可及！"

精华赏析

这则寓言借狐狸的眼看雕塑，实际上是在讽刺那些外表光鲜亮丽实际华而不实的人。从中我们知道了：看问题不能只看表面，要善于观察和深入思考。

延伸思考

你觉得故事中的狐狸有哪些优点值得我们学习？

挤奶工和牛奶缸

名师导读

挤奶工头顶满缸牛奶赶集,心想卖掉牛奶会有不错的收入,可是还没到集市牛奶缸就从头顶掉下来了,到底发生了什么事情呢?

挤奶工头顶满满一缸牛奶,她一边疾步朝城里走,一边忍不住在心里打着小算盘:"这一缸牛奶可以换不少钱。我要用换来的钱买一百个鸡蛋,等鸡蛋孵出小鸡,再将它们养大,用来换取一头猪仔,然后再把猪仔喂得肥美壮硕,卖了它就能得到一笔可观的报酬;再然后,我要用那笔钱买一头奶牛和几头小牛;最后,我就能用卖牛的钱来买羊群了!"

❶动作描写 挤奶工把幻想当成了现实,沉浸其中,表现出此时她激动、快乐的心情。

[1]她越想越高兴,于是竟开心地跳了起来。可这一跳,她头顶的牛奶缸也跟着掉了下来!牛奶缸摔坏了,牛奶洒得到处都是。而挤奶工计划中的鸡蛋、小鸡、猪仔、奶牛和小牛以及羊群也付诸东流了。

人们不也如此吗?常常不切实际地幻想许多美好的东西,沉溺其中而不自知。

精华赏析

对未来有计划、对生活有希望是值得鼓励的，但是给自己定不切实际的目标，沉醉在美好的幻想中不能自拔，就会让所有的努力白费，就像故事中的挤奶工一样。

延伸思考

1.你觉得挤奶工的想法合理吗？

2.你从挤奶工的身上得到了什么教训？

3.看完这个故事，你对自己的学习有什么新的规划吗？

狮子和猎人

名师导读

猎人听说自己的狗被狮子吃了后，扬言要找到狮子，让狮子尝尝他的厉害。当狮子出现在他的面前时，他会怎么做呢？他能够打败狮子吗？

一个喜欢自我吹嘘、自卖自夸的猎人丢失了自己的狗。牧羊人跟他分析道："我想是狮子把你的狗吃了。"

猎人闻言，问道："请告诉我狮子在哪儿，我一定要让他尝尝我的厉害！"

牧羊人回答道："狮子的家离这里不远。"

他话音刚落，狮子就现身了。①猎人看到狮子，大惊失色，拔腿就跑，一边跑还一边喊："救命！老天！快救救我！"

❶ **动作、语言描写** 把猎人胆小、爱吹牛的性格特点暴露无遗。

由此可见，只有在真正的危险面前，才知道哪些才是真正勇敢的人。

精华赏析

这则寓言短小精悍，把猎人胆小、爱吹牛的形象描写得栩栩如生，同时告诉我们：没有真本事平时还爱自吹自擂的人在遇到事情时会原形毕露，而具有真才实学且踏实谦虚的人更值得人们尊重。

延伸思考

请评析猎人遇到狮子后的表现。

看着倒影的鹿

名师导读

一只鹿对自己美丽的角非常满意，当他被猎狗追逐的时候，美丽的角却经常碍事，差点害他丢了性命。经过这次教训，他还会对自己的角感到满意吗？

一只鹿对着水面顾影自怜。他在水中看到自己长长的鹿角，觉得又英俊又美丽，可他的腿显得短了些。

此时，一只猎狗朝他跑来。①鹿匆忙逃跑，却在逃跑的过程中遇到了极大的麻烦——他的鹿角总是会挂到树枝，无数次阻挡了他的步伐。最终，他竭尽全力奔跑，才躲过了猎狗的追踪。他引以为傲的鹿角险些连累他丧了命，可每一天，他的鹿角都在不断生长。

❶叙述、说明 说明美的东西并不一定就好的道理。

我们中许多人不也如此吗？总是更在意华而不实的东西，最终却被自己制造出的美丽所连累。

精华赏析

鹿对威胁自己生命的角爱不释手，和那些盲目追求漂亮事物的人一样，为了得到华而不实的东西，给自己带来了麻烦。这则寓言告诉我们：爱美之心人皆有之，但更应该权衡利弊。

延伸思考

鹿引以为傲的角给他带来了什么麻烦？

老太婆和她的两个女仆

名师导读

女仆认为杀死主人家每天打鸣的公鸡就能多睡一会儿，可她们杀了打鸣的公鸡后结果却更糟糕了。她们不仅要早起，而且还不能安稳入睡，这是为什么呢？

老太婆家里雇了两个女仆，她们心灵手巧，总是被老太婆赶着做工。每天早上，鸡一打鸣，她们就要起床赶工，日复一日，年复一年，非常辛苦。两个女仆由此十分痛恨那只公鸡。

[1]终于，她们找到一个机会，宰杀了这只冤枉的公鸡。可事与愿违，她们并没有因此获得更多的睡眠。

❶ 叙述　说明她们没有看清问题的根本，表现了她们的愚蠢。

由于公鸡死了，老太婆担心这两个女仆早上会起来得很晚，于是自己彻夜难眠、坐卧不宁。这样一来，两个女仆甚至无法安心睡觉。

这就是一个因小失大的故事。

精华赏析

女仆杀鸡并没有达到自己的目的，反而弄巧成拙。从中我们知道解决问题一定要找出根本原因，不要因为草率的决定因小失大。

延伸思考

女仆为什么要杀死公鸡？

骆驼和漂浮的木棒

名师导读

真理往往存在于极为平凡的事物中，只要善于思考就不难发现。希望这则寓言中的骆驼和木棒能带给你启迪。

骆驼刚出现在人们的视野之中时，被视为怪物，人们遇到它，拔腿就跑，因为人们从来没有见过这种生物。随后，才有人敢慢慢靠近它们、观察它们，并驯化它们。

①与此类似，一个巡海的人在远处的海面上看到一个东西，距离很远，他并不能看清楚，便武断地认为那应该是一条大船。而等那东西漂近了，他又觉得可能是一条小船。又过了一会儿，直到那个东西漂到他的面前，他才恍然发现不过是一根木头。

❶ **举例子** 让说理更有说服力，也更容易让读者理解。

许多事物都如此，你离远了看，并不能看清它真正的面貌；走近了，才能看清楚那究竟是什么。

这则寓言用两个常见的现象说明了只有近距离观察才能看出事物本质的道理。通过这则寓言我们懂得了做人做事都应该有严谨的态度，不要一知半解就妄下论断。

延伸思考

1.这则寓言表达了什么观点？

2.你从这则寓言中悟出了什么道理？

寓言的威力

演说家想用发表演说的方式让人们关心国家兴衰，可是人们对此置若罔闻。后来他讲了一个故事，人们就认真听他的演说。那么，演说家讲了一个什么故事呢？

①古希腊有一位演说家，他发觉这个国家的人愚昧无知又自满，国家也变得如枯株朽木，摇摇欲坠。于是，他在街头愤慨而充满激情地发表了演说。

❶叙述 介绍国家落败，为故事发展做铺垫。

他声情并茂、语重心长，可是并没有人关心他到底说了什么。不远处有两个孩子在打架，反倒吸引了众人的目光。见此，演说家灵机一动，开始讲故事。

他说："丰收女神和一条黄鳝、一只燕子结伴去旅游，却被一条河挡住了去路。黄鳝善游、燕子善飞，他们都轻而易举过了河……"

读书笔记

听到这里，众人迫切问道："那丰收女神怎么过河呢？"

演说家不满地反问道："这不过是一个供小孩子听的故事，你们兴致勃勃，可关系到国家的命运，你们却充耳不闻、置之不理！"

人们明白了演说家的良苦用心，开始认真聆听演说家慷慨陈词，并积极响应。这就是寓言的力量。

有人认为，世界正在迈向暮年，我却不这么看。②正如这故事里讲的一样，众人就像是孩子，总是更容易、更愿意通过浅显、愉悦的故事接受深刻的道理。

❷议论 结尾处提出观点，既能总结全文，又能深化主题。

精华赏析

演说家用浅显的故事让人们明白深刻的道理，他是一个充满智慧的人。通过这则寓言，我们懂得了用故事说理比干巴巴地讲道理更能取得好的成效。

延伸思考

1.演说家用什么方法让人们认真听他的演说？

2.这则寓言对你在写作上有什么帮助？

3.你从这则寓言中领悟到了什么道理？

公鸡和狐狸

名师导读

狐狸和公鸡是死对头。狐狸假意向公鸡求和，想骗公鸡从树上下来。然而，公鸡答应狐狸的请求后，狐狸却逃走了。这是怎么回事呢？

狐狸和公鸡争斗不休。公鸡站在树上躲避追逐，狐狸虚情假意道："不如我们停战议和吧！好兄弟，请从树上下来，我决定以后跟你和平共处，我要给你一个热情的拥抱！"

①公鸡回应道："是吗？这个消息真令我感到欣慰和开心。啊！我看到那边有两条猎狗，正朝这边跑过来，我要和他们分享这个好消息。"

❶语言描写 公鸡识破狐狸的诡计却不说破，将计就计，用猎狗吓狐狸，表现了公鸡很聪明。

听闻此，狐狸赶忙变了口风："是吗？我想起自己还有着急的事情要忙，咱们下次再一起庆祝！"说完，他头也不回地跑掉了。

狐狸心怀不轨，公鸡轻而易举地看穿了他的诡计，也用智慧化解了眼前的危机。以其人之道，还治其人之身，公鸡让狐狸上了当。

精华赏析

我们要像故事中的公鸡一样，面对虚情假意的人不要总是当面拆穿，要用自己的智慧让这类人远离自己，这样既不伤和气又能维护自己的权益。

延伸思考

1.公鸡知道了狐狸的诡计为什么不直接戳穿？

2.狐狸为什么突然说自己有急事？

3.读完这个故事后，你有什么想法？

想变得像牛一样强壮的青蛙

名师导读

世间总有一些不自量力的人，想方设法地让自己成为厉害的人物，可结果总是事与愿违，有的甚至丢了性命。就像下面故事中的青蛙一样，我们一起来看一看。

①一只青蛙羡慕牛长得强壮高大，于是他用力鼓起了自己的肚子，觉得这样一来，自己也会显得强壮。

❶ 心理、动作描写　青蛙想跟牛一样强壮，表现了他的无知、自大。

他问自己的妹妹："怎么样，我是不是很强壮？"

"并没有。"

"那这样呢？"

"差得远。"

"那这样呢？"

"不够！你跟高大强壮永远沾不上边！"

最终，青蛙自己胀破了自己的肚皮，悲惨地死去了。

同样的道理，世上也有许多失去理智、毫无自知之明的普通人，有的甚至妄想能成为一国之王。

精华赏析

青蛙以为肚子大就能跟牛一样强壮，却因为自己的愚蠢丢了性命。在我们的现实生活中，有很多像青蛙这样的人，他们妄想站在不属于自己的高度，结果还没爬上去就摔死了。人有理想是好的，但前提是要有自知之明，不要好高骛远。

延伸思考

你对青蛙之死有什么看法？

胡蜂和蜜蜂

名师导读

胡蜂和蜜蜂为了争蜂巢请黄蜂做裁判，可是拖了半年也没有结论，最后蜜蜂自己想出了办法，得到了属于自己的蜂巢。那么，蜜蜂想了一个什么办法呢？

胡蜂和蜜蜂因为几个蜂巢的归属争了起来，于是他们请黄蜂来评判。这可让黄蜂犯了难。因为胡蜂和蜜蜂样貌相近，叫声也类似。日子就这么一天天过去了，很快就是半年后了。

❶语言描写

蜜蜂提出一起酿蜜的办法来证明蜂巢是自己的，表现出他的聪明才智。

①蜜蜂悄悄问黄蜂："请问还没办法做定论吗？请快一些吧，否则熊就要把蜂蜜吃光了。不如让胡蜂也加入我们一起工作，看看到底谁能造好蜂巢、酿出美味的蜂蜜。"

对于这个提议，胡蜂没胆量答应，真相也昭然若揭，蜜蜂终于得到了本属于他的蜂巢。

这个冗长又无效的裁决简直让人难以忍耐。解决问题依靠的是思考，而不是刻板的教条。

蜜蜂一番话让积压多时的纠纷瞬间解决，讽刺了黄蜂这个法官的无能。读完这则寓言，我们明白了解决问题不能一板一

眼地依靠教条，而要开动脑筋思考。

延伸思考

1.胡蜂为什么不愿意和蜜蜂一起工作？
2.为什么说蜂巢本属于蜜蜂？
3.你在这则寓言中领悟到了什么道理？

两头公牛和一只青蛙

名师导读

两头公牛为争母牛打斗起来，一般的人对此都抱着看热闹的心态，但是青蛙却愁眉不展，这是为什么呢？我们来看看他是怎么说的。

两头公牛为了抢母牛而激烈地决斗着，一旁的青蛙看到了，愁眉苦脸。另一只青蛙不解，问他怎么了。

①这只青蛙答道："无论谁输谁赢，失败的那头牛都会被赶出那片草场，那样一来，他只能来霸占我们的芦苇塘，我们都会跟着遭殃。谁能想到，我们的牺牲竟是因为一头母牛。"

①**语言描写** 青蛙能够预测即将发生的事情，体现出他目光长远。

青蛙的预测非常准确，没过多久，战败的公牛来到了芦苇塘，踩死了许多青蛙。许多事情都能用这个道理解释：城门失火，殃及池鱼。

精华赏析

公牛决斗看似和青蛙没有任何关系，但是很多事情都有千丝万缕的联系，就像战败的公牛和青蛙生活的芦苇塘。我们在遇到突发事件的时候，要能透过表面看本质，这样才能防患于未然。

延伸思考

这则寓言中的青蛙为什么发愁？

狮子和老鼠

名师导读

我们要心存善念，说不定我们不经意给予别人的一点善意，会帮自己一个大忙，就像下面这则寓言中的狮子一样。

某天，一只瘦小的老鼠被狮子捉住了，狮子看他可怜巴巴的，动了恻隐之心，便把他放了。

几天之后，在森林外猎食的狮子一不小心落入了猎人设的陷阱之中。他想尽各种办法也没能从陷阱里逃脱。①此时，那只小老鼠赶到了，他不辞辛苦地用自己的牙齿一点一点咬断了绳子。狮子因此而获救。

所以，比起蛮横的暴力，善意或许更有用。

① 动作描写 老鼠耐心地咬断绳子救了狮子，表现了他知恩图报的一面。

精华赏析

这则寓言中的狮子放过老鼠，也救了自己一命，这告诉我们做事应该留有余地，心存善念。老鼠瘦小，却救了强壮的狮子，说明每个人都有他的长处。

延伸思考

1.如果狮子吃了老鼠，狮子的结局会怎样？

2.你从这则寓言中明白了什么道理？

3.你觉得这则寓言中的狮子和老鼠各有什么特点？

狼和牧羊人

狼受不了终日被人类追赶的日子，决定和人类和好，以后再也不吃肉了，狼能够做到吗？我们来看看下面这个故事吧！

狼不受欢迎，遭到了牧羊人同猎狗的追捕，最终一筹莫展，饥肠辘辘。

读书笔记

有一只狼实在无法忍受这样的生活了，他决定弃暗投明、悔过自新。狼暗下决心道："既然如此，我就做一只吃素的狼吧！从今往后，我只吃草，实在不行就饿死。这样也好过惶惶不可终日。就让我来主动跟人类和好吧！"正想着，他看到不远处有几个牧羊人正围着火炉烤着什么。狼定睛一看，那些人竟然正在烤羊肉！

[①]狼如梦初醒："他们为了防止我吃羊，声称自己是羊群守卫者，可为什么又吃羊肉呢？都是骗子！既然如此，我为什么要自责和矛盾呢？"

❶心理描写　狼为自己感到不平，因为他吃肉的本性是改不掉的。

狼之所想，是有道理的。在这一点上，人类和狼没什么区别。

精华赏析

人站在食物链的顶端，用自己的标准衡量世间万物。而狼为了不再被人仇视和追杀，用人的标准改造自己，这显然有违狼的天性。

延伸思考

1.狼看到人烤羊肉吃时，做了什么决定？

2.如果人不吃羊肉，狼会吃素吗？为什么？

3.通过这则寓言你明白了哪些道理？

太阳和青蛙

名师导读

暴君要结婚了，其他的宾客都高兴地参加宴会，伊索却觉得这是一场危机，他为什么会这样认为呢？让我们看看伊索是怎么说的吧！

暴君大喜之日，众宾客推杯换盏、把酒言欢，只有寓言家伊索感到了危机。

他说："很久之前，太阳也想要结婚生子。[1]可这个消息一出，青蛙就感到不满：'如果太阳结了婚，有了孩子，我们就活不成了！一个太阳还可以忍受，但如果出现好几个太阳，海水将被晒干，池塘也不复存在，所有的生命都将走向灭亡。'我认为青蛙十分有先见之明。"

❶**语言描写** 伊索通过青蛙对太阳想要结婚感到不满，道出对暴君结婚的担忧，体现了他的睿智。

精华赏析

暴君结婚就如同天上多了几个太阳，让天下的百姓饱受煎熬。这个寓言故事简短精悍，向我们阐述了深刻的道理——有些看似与你无关的事情，实际上已经对你的生活造成了非常严重的影响。

延伸思考

1.伊索口中的危机是什么？

2.青蛙为什么对太阳结婚感到不满？

披着狮皮的驴子

名师导读

世间总有一些人仗着别人的权势招摇过市，他们不以为耻反以为荣，跟下面这则寓言中披着狮皮的驴子没有两样。

一头驴偶然得到了一张狮皮，他将狮皮披在了自己身上，神气十足，好不威风。但很快，他过长的耳朵暴露了他是驴子的事实，最终他被赶回了磨坊。

①有一些不明就里的人看到“狮子”推磨，无不惊讶地叹道：“为什么要让狮子推磨？不应该这么做！”

很多法国人就好比这头驴子：绝大多数法国骑兵都喜欢自我吹嘘，不知羞耻为何物。

❶语言描写 讽刺了那些被事物的表象迷惑还义正词严的人。

精华赏析

这则寓言借披着狮皮的驴子讽刺路易十四统治时期的法国骑兵外强中干，像驴一样愚蠢，并且告诉我们，人要有真才实学，依附别人得到的东西不会长久。

延伸思考

1.驴子为什么会被赶回磨坊拉磨？

2.你怎么看驴子的做法？

愿　望

守护神让主人许三个愿望，主人的第一个愿望是拥有很多的财富，第二个愿望是让财富回到原处。他为什么不想要财富了？他许的第三个愿望又是什么呢？我们来看看下面这则寓言吧！

很久以前，世上有许多守护神，每个守护神都有自己要守护的家庭。有一位守护神，兢兢业业为他守护的家庭工作，将每件事情都计划得井井有条，收获了主人的赞美。①可他的才能却遭到了同伴的嫉妒，最终受到排挤，被派到边疆工作。

①叙述　写守护神的才能遭同伴妒忌，为下文做铺垫。

读书笔记

临走前，他对自己的主人说道："我不得不离开，但走之前，我可以实现你的三个愿望，你有什么想要的，告诉我吧。"

主人许下的第一个愿望是希望得到财富。很快，他家塞满了金钱、好酒和粮食，可以保他此生衣食无忧。不幸的是，万贯财富却引来了奸诈的盗贼、眼馋想要借钱的商人以及要求查税的官员。所以，金钱不仅没能让这位主人感到开心，反而平添了不少烦恼。

很快，主人对守护神说："我的第二个愿望是让这些财富回归原处，平平淡淡才是真。"②在守护神的安排下，金钱、好酒和粮食都消失得无影无踪，主人终于回到了原来的生活。

②叙述　主人用财富换来平静的生活，可见他是一个懂得取舍的人。

一番曲折后，主人对守护神许下了第三个愿望，他已经深知什么样的财富才不会带来烦恼，那就是——智慧。

精华赏析

这则寓言中的主人在许愿的过程中，逐渐明白真正的财富是智慧。这则寓言告诉我们，人的认识是从低到高逐渐发展的，拥有再多的钱财都不如有一个充满智慧的大脑。

延伸思考

1.主人的第一个愿望实现后，他的生活变好了吗？

2.主人为什么不要财物？

3.这个故事给了我们什么启示？

马和驴子

名师导读

很多时候，帮助别人也是帮助自己，所以不要吝啬于施以帮助，不然就会像下面这则寓言中的马一样。我们来看看是怎么回事吧！

驴子和马有着同一位主人。某天，驴子和马结伴上路，马自视甚高，昂首前行，[1]他的背上只有一具马鞍，颇为轻松，而驴子却驮满了货物，十分疲劳。

❶ **对比** 把马和驴子进行比较，他们的待遇形成强烈的反差，为下文写马的悔悟埋下伏笔。

前行路上，驴子不堪重负，请求马帮忙分担一些货物，但马并没有答应驴的请求。最终，驴子精疲力竭，倒地身亡。此时，马才幡然醒悟，追悔莫及。因为驴子一死，马就要承担起所有的重任，外加一张可怜的驴皮。

精华赏析

马拒绝帮驴子分担重物导致驴子累死，结果所有的重物都落到了马背上。这个故事告诉我们，人与人之间应该互相帮助，给别人帮助就是给自己方便。

延伸思考

1.试分析马的性格。

2.你从马的身上得到了什么启发？

狮子的王庭

名师导读

狮子的王宫有一股很臭的味道，熊耿直捂鼻被处死，猴子说有一股清香味儿被惩罚，轮到狐狸发言时，他要怎么说才能保命呢？

某天，狮王突发奇想，想要见一见他的臣民。于是他命人举办了一场盛会，并下旨让所有臣民来王宫参加。可动物们到了王宫，却闻到了一股恶臭。

读书笔记

熊下意识捂住了自己的鼻子。这下可好，狮王震怒，直接命手下杀了那头熊。

猴子向来精通溜须拍马，他夸赞王宫弥漫着一股清香味儿，令他沉醉，并赞颂狮王的英明和威武。但狮子对此并不相信，也惩罚了猴子。

处理完熊和猴子，狮子问狐狸："你说说你的看法，有什么就说什么，不必遮遮掩掩，王宫里的气味到底如何？"

[1]狐狸推托道："尊敬的陛下，不巧我感冒了，鼻塞严重，所以我根本闻不到任何气味。"他说完就逃走了。

由此可见，在暴戾的君王面前，阿谀奉承和直言不讳都是不可行的，只有模棱两可的墙头草才有可能性命无忧。

❶语言描写 狐狸找借口搪塞狮子的问题，懂得避重就轻，表现出他的聪明。

精华赏析

诚实是非常可贵的品质，但是寓言中的狮王却逼得别人不得不说违心的话，就像狐狸，只有撒谎才能保命。

延伸思考

1.你从熊、猴子和狐狸的身上学到了什么？
2.你对狮子惩罚猴子却不杀猴子的做法有什么看法？
3.这则寓言对你有什么启发？

蜡 烛

名师导读

在我们的生活中，往往会出现这样的情况：不同本质的事件，却得到了相同的结局。就好比下面这则寓言中的蜡烛和哲学家恩培多克勒，我们一起来看看吧！

有一支蜡烛对火炉充满了嫉妒。他不明白为何火炉总能燃烧着熊熊大火，从不熄灭。于是他像发疯了一样纵身跳进了火炉。

①想当年，哲学家恩培多克勒也做过这样的事，他为了寻根问底，纵身跳进了火山口。

蜡烛和哲学家截然不同，但他们的结局却别无二致，都消失在无情的火焰之中。

①举例子 列举哲学家的例子进行类比，可以让故事内容更加丰满。

精华赏析

故事中的蜡烛和哲学家对火的态度不一样，但是得到的结局却是一样的。通过这个故事我们明白了：面对冷酷无情的人，不管你用何种方式对待他，都不会得到一丝回报。

延伸思考

1.蜡烛和哲学家对火的态度有什么不同？
2.故事中火焰的本性是什么？
3.读完这则寓言后你有什么感想？

恋爱中的狮子

名师导读

狮子想娶牧羊女，但是牧羊女的爸爸不愿意把女儿嫁给狮子，除非狮子答应他一个要求。那么，牧羊女的爸爸提出了什么要求呢？

一头狮子出身尊贵，他在牧场散步时，遇到一个牧羊女。这个牧羊女长得十分漂亮，令狮子一见倾心。

狮子无法按捺自己的爱意，很快就前往牧羊女家提亲。牧羊女的爸爸感到为难，并不愿意让狮子做他的女婿。于是，他对狮子说："我的女儿弱不禁风，我担心你抱她的时候会不小心伤到她。如果你愿意把自己的爪子和牙齿磨平，这件事还有商量的余地。"

[1]深陷爱情之中的狮子已经毫无理智可言，他将自己的安危置之度外，按照那位父亲的要求磨平了自己的爪子和牙齿。可这样一来，他再也不复往日的勇猛，无法保护自己，甚至难敌几条恶狗了。

1 解释说明

狮子为了爱情伤害自己，这样的行为既不理智又愚蠢。

人们常说恋爱中的人是盲目的，这则寓言中的狮子就是最典型的代表。用伤害自己的方式去求取爱情，既没有自尊又愚蠢，完全失去了爱的意义。

延伸思考

1.狮子为什么要答应牧羊女的爸爸的要求?

2.你对狮子的行为有什么看法?

龙虾和她的女儿

名师导读

有一天，龙虾妈妈看到女儿背对着前进的方向，就疑惑地问她，女儿会怎么回答呢？我们一起来看看下面的寓言吧！

大多数动物只知道朝前走，不明白后退着走的好处，但龙虾是一种睿智的动物，懂得这个道理。

[1]有一天，龙虾妈妈问自己的孩子："你为什么选择背对着前进的方向行走呢？"她的女儿回答："因为我的同伴皆如此，我应该和他们保持一致。"

❶ **语言描写** 简短又有说服力。

这个故事说明了环境的重要性，近朱者赤。

精华赏析

这则寓言中龙虾的女儿在跟朋友相处的过程中学会了新的生存技巧，向我们阐述了生长环境的重要性，告诉我们择友须慎重。

延伸思考

1.龙虾女儿为什么要退着走？
2.请举例说明环境的重要性。
3.看完这个故事，你对交友有什么看法？

忘恩负义与不公的命运

名师导读

一个非常富有的商人，在一次出海时遇到了强烈的海风，遭受严重的损失，变得一贫如洗。他为什么会如此不堪一击呢？

一个商人做生意顺风顺水，通过海上贸易挣了不少钱，于是他逐渐堕落，沉溺于奢靡的生活之中。

他的一个朋友见状，询问道："你为什么这么有钱？"

商人回答："因为我聪明。"

几天之后，商人再度出海做买卖，可这一次他的运气就没那么好了。一条船因为剧烈的海风沉入了海底，另一条则被海盗占为己有，最终有一条船虽抵达目的地，却几乎没卖出去什么。

至此，商人一贫如洗。[1]由于他之前过得太过放纵，没人同情他，大家反倒讥讽道："你身上的破衣服实在太碍眼了，为什么要这么穿呢？"

商人回答："命运让我家徒四壁。"

终于，他的朋友安慰他道："你不过又回到原点罢了，之前挣大钱纯属偶然，所以不是你的就不要强求。"

很多人都抱有这个商人的想法，觉得幸福是自己争取到的，而厄运是命运给予的，不从自身寻找原因。

❶语言描写

说明商人以前不招人喜欢，同时也揭露了世态炎凉。

这则寓言用简洁的语言交代了商人对自己成功和失败的分析。商人把成功归结于自己的聪明才干，把失败归结于运气和命运，其实很多人都有这样的心理。

延伸思考

1.富人变得一贫如洗只是因为命运不济吗？

2.你赞同朋友安慰他的话吗？为什么？

3.通过这则寓言，你受到了什么启发？

斯基泰哲学家

哲学家看到老人修剪树枝，听完老人富含哲理的话后，回家把家里的树枝也修剪了一番，结果树全部死了。这是怎么回事呢？

一个来自斯基泰的哲学家启程去希腊旅游，在那里，他看到一位老者在精心修剪树枝。

他感到奇怪，上前问道：“这些树长得好好的，你为什么要把它们的枝叶剪去呢？”

[①]老者说：“因为将多余的枝叶剪去，才能让出更多空间让其他枝叶繁茂生长。”

①语言描写 老者的话富含哲理，表现出他的睿智。

哲学家认为老者的话十分令人信服，于是回到自己的家之后，也把家中所种的树都随便修剪了一番。但结果却令他感到诧异——没过多长时间，那些树竟然都枯死了。

这则寓言中的哲学家对老人的话一知半解便也学着剪掉树枝，行为又荒唐又愚蠢。这则寓言讽刺了那些不独立思考，不顾实际，只会照搬别人的经验的人。

延伸思考

1.哲学家为什么要剪掉自己家里的树枝?

2.你觉得这则寓言中的哲学家是个什么样的人?

3.读完这则寓言后你有什么新的想法?

老人和驴子

名师导读

驴子在草地上休息后就不愿意跟着主人走了，即使知道有人来抓他，他也不在乎。驴子为什么要这样做呢？我们来看看下面的寓言吧！

驴子驮着老人朝前走。经过一片草地的时候，老人从驴子背上下来了，让驴子稍事休息。①驴子非常开心，在草地上吃饱喝足，开心极了。

❶心理描写 刻画出驴子容易满足的特点。

休息了一会儿，老人对他说道："该上路了。"

驴子感到不满："为什么要上路？我现在很快活！你不该总强迫我累死累活为你服务！"

老人又道："有人来了。"

对此，驴子更是不解："有人来跟我有什么关系？我喜欢这里，还要在这里吃草。对我来说，唯一的敌人是你！"

精华赏析

不管被什么人带走，驴子都会做苦力活，还不如在草地上多吃会儿草。这则寓言中的驴子想得非常透彻，既然不能改变自己的命运，不妨好好活在当下。

延伸思考

驴子为什么不愿意跟老人走？

没尾巴的狐狸

老狐狸丢了尾巴很难为情，就说尾巴没有用，叫其他的狐狸也剪掉尾巴，其他的狐狸会听他的话吗？我们在下面这则寓言中寻找答案吧！

一只老狐狸不幸落入了陷阱之中，挣脱不得。为了从陷阱里逃脱，他迫不得已舍弃了自己的尾巴。

①没尾巴的老狐狸觉得羞愧难当，于是阴险地向其他狐狸提议说：“其实尾巴是可有可无的东西，留着也没什么用，不如你们学我，也把尾巴剪掉吧！”

> ①**语言描写** 老狐狸见不得别人好，表现出他扭曲、阴暗的心理。

听了他的话，其他狐狸感到可笑，并狠狠讥讽了他一番。

老狐狸怨愤地说道：“哼，你们根本不懂什么是时尚！”

老狐狸自欺欺人又自作聪明，最后遭到别人的嘲讽。这则寓言告诉我们要正视自己的不足，不要为了满足自己的虚荣去损害别人的利益，更不要自欺欺人。

延伸思考

1.老狐狸的尾巴是怎么丢掉的？

2.老狐狸为什么要提议别的狐狸剪掉尾巴？

狮子、狼和狐狸

狼趁狐狸不在时对狮子说他的坏话，让狮子处死狐狸，可结果却是狮子令人剥了狼的皮。到底发生了什么事呢？

年老的狮王生病了，他得了一种怪病，很难医治。动物们听闻这个消息，纷纷赶到狮王身边表达关切，但狐狸却缺席了。

读书笔记

狼觉得自己等到了落井下石的机会，便对狮王说："您身体欠安，狐狸竟敢不现身，实在是太过分了！他这样做简直是不把您放在眼里！应该立马杀了他！"

没一会儿，狐狸终于到了，他很快就看穿了狼的意图，于是对狮王说："尊敬的陛下，我来迟并非怠慢您，而是因为有事耽搁了。方才我去了一趟山上，向山上的神明诉说我的心愿，我希望您的病能快点好起来。可能是我的诚心感动了神明，神明竟然现身了，并给了我一个珍贵的仙方。①他说，您应该尽快把狼皮剥下来制成一件袍子穿在身上，这样一来，您的病就能痊愈了。"

①语言描写　狐狸成功反击，突出了他的聪明狡猾。

狮王闻言，立刻下令剥了狼皮，并依言将狼皮制成了袍子穿在了身上。

所以，曲意逢迎的人，请不要再互相诋毁诽谤了，因为灾难很可能会降临到你们的身上。

精华赏析

狼无事生非丢了性命，实在是自作自受。通过这则寓言，我们明白了人与人之间应该和睦相处，这样对大家都好。那些总想着陷害别人的人，终会自食恶果。

延伸思考

1.狼为什么要陷害狐狸？

2.你喜欢这则寓言中的狐狸吗？为什么？

3.你对狼的遭遇有什么看法？

学问的用处

名师导读

富人觉得读书既不能饱腹，又不能遮体，一点用处也没有。真是这样的吗？你怎么看呢？我们先看看下面这则寓言是怎么说的吧。

有一个富人和一个穷人，总是各持己见。富人虽然富有，却大字不识一个；穷人虽然贫穷，却饱读诗书，满腹经纶。

富人认为自己高人一等："我坐拥这么多财富，享尽世间荣华，而且也为社会带来了福祉，不少商贩要依赖我的恩赐才能活下去。[①]反观那些百无一用的书生，一无所有，穿不上一件好衣服，总是吃了上顿愁下顿。我实在是搞不懂，读书有什么用呢？"

❶语言描写 富人眼里只有当下的利益，所以觉得读书无用，说明富人是一个目光短浅的人。

对此，穷人根本不想理会，他认为和抱有这种想法的人辩论也没什么用。

没多久，战争毁了整个城市，富人的财富随着战火付之一炬，从此他成了不受欢迎的可怜鬼。反观穷人，他却凭借自己的知识受到了人们的尊敬。显而易见，知识必然是有用的。

精华赏析

这则寓言用对比的方式证明了知识不仅有用，还能给人带来声望、地位和财富。通过这则寓言，我们明白了知识就是力量的道理。一个人有知识，在关键时刻不仅能拯救自己，还能拯救国家。

延伸思考

1.这则寓言里的富人和穷人有什么不同？

2.富人的结局让人唏嘘不已，你对此有什么想说的？

3.看完这则寓言后，你有什么想法？

农夫和他的孩子

名师导读

农夫死前告诉孩子们，他给他们留下了祖传的宝藏，但是孩子们没有看到宝藏，只看到地里成熟的庄稼。那么，宝藏哪去了？

一个农夫将不久于人世，他对自己的几个孩子说：①“我们的祖传宝藏就藏在地里的某个地方，到了九月，你们就去寻找吧！”

在农夫去世之后，他的孩子们按照他的话去地里寻宝。最终，他们并没有找到所谓的宝藏，但地里的庄稼却都成熟了，他们取得了大丰收。

其实，农夫临终前的话，其深意就是：劳动创造财富。

①语言描写 农夫的话意味深长，九月即收获的季节。

精华赏析

这则寓言用短小的篇幅，告诉人们辛勤劳动才是真正的宝藏，是取之不尽的宝藏，是别人偷不走的宝藏。

延伸思考

1.农夫为什么要让孩子们在九月去地里寻找宝藏？

2.孩子们有没有寻到宝藏？宝藏是什么？

3.读完这则寓言后，你明白了什么道理？

男人和神像

名师导读

男人对神像毕恭毕敬，但神像却一直没有给他带来好运，直到他身无分文，一气之下砸碎了神像……

一个男人毕恭毕敬地将一尊木制神像供奉在了家里。每一天，他都对着神像虔诚地祈祷，也总是为神像呈上精美的贡品。可这一切并没有换来预期的美好。神像无动于衷，没给他带来任何好运或财富。

终于，男人落到身无分文的地步，再也拿不出钱去供奉神像。①他感到气愤无比，于是操了根木棍将神像砸得稀巴烂。

①动作描写 男人因为得不到好处怒砸神像，可见他对神不是真的虔诚。

此时，令人意外的事情发生了，神像里竟然藏着许多金子！男人叹道："以往我对你百般恭敬，你却视而不见。看来，我应该一早就用这种方式对待你。"

精华赏析

男人用粗鲁的方式对待神像却得到很多的金子，这则寓言告诉我们，人们都有欺软怕硬的通病，对恭顺的人视而不见，对蛮横的人却恭敬有礼。

延伸思考

1.男人对神像的态度前后有什么变化？
2.男人为什么要砸神像？
3.你读了这则寓言有什么感想？

傻瓜和聪明人

聪明人被傻瓜用石头攻击了，他不仅没有生气，反倒给傻瓜钱。聪明人这样做看上去比傻瓜还傻。他为什么要给傻瓜钱呢？

傻瓜用石头攻击了聪明人，可聪明人却没有因此而恼火，反倒赏了傻瓜一个银币。

①傻瓜见状，以为这样做可以换来更多钱。于是，他拿着石头朝路人扔去，却被人狠狠揍了一顿，一命呜呼。

❶心理描写 刻画了傻瓜傻得天真的形象。

在宫廷之中，也有这样的事情发生。有的人为了博君王一笑，不惜恶意中伤他人，将送给君王的快乐建立在别人的痛苦之上。遇到这种事，无须动怒，自然会有人收拾他们。

这则寓言将朝廷上恶意中伤别人的人比作傻瓜，因为得罪的人太多，终会遭到报应。我们从这个故事中明白了：恶意中伤他人的人，终会自食恶果。

延伸思考

1.聪明人为什么要给傻瓜钱？

2.你从这则寓言中收获了什么？

乔装成牧羊人的狼

名师导读

狼伪装成牧羊人，神不知鬼不觉地来到了羊圈，却一只羊也没有抓到，还被真的牧羊人抓到了。这是怎么回事呢？

有一只狼，精心地把自己装扮成了牧羊人的模样，只为捉到羊群中的小羊。他给自己穿上了牧羊人的服装，装扮得很用心，几乎可以达到以假乱真的程度。

夜幕降临，真正的牧羊人睡着了，牧羊犬也闭目养神。狼来到牧场，没有被发现。

①他暗暗高兴，认为自己很成功。可怎么才能让羊群走到森林之中呢？他想了想，觉得自己应该开口说话，不料，他一出声就暴露了自己。

❶心理描写　表现出狼自以为聪明的特点，正是这个小聪明暴露了他自己。

狼凄厉的叫声惊起羊群的一阵骚动，牧羊人和牧羊犬也闻声而起。狼想要逃跑，却发现因为穿了牧羊人的衣服而难以逃脱，最终被捉住。所以，伪装也许可以骗人一时，但终究会露馅儿。

精华赏析

狼高超的伪装手段成为他逃跑时的最大障碍，可谓作茧自缚，让人觉得可笑。这则寓言告诉我们，再高超的骗术都会有被识破的一天。

延伸思考

1.狼为什么会被牧羊人抓住？

2.你从狼的身上得到了什么教训？

3.你在读这则寓言的时候，觉得哪里写得很有趣，请举例分析。

狮子和小飞虫

名师导读

一只小小的飞虫向狮子提出了挑战，狮子可是森林之王，百兽对他敬而远之。飞虫居然要和狮子决斗，他的命运会如何呢？

狮子傲慢地对小飞虫说道："滚开，微不足道的可怜虫！"

小飞虫对此感到很气愤，于是对狮子发起了挑战："我要和你决斗！不要以为你是所谓的森林之王，我就会屈服，就会忌惮。你要知道，比你强的水牛都是我的手下败将。"说罢，小飞虫朝后飞了飞，然后一头朝狮子冲了过去。他在狮子的脖子上用力叮咬了一口，彻底惹恼了狮子。

狮子朝天怒吼，却拿小飞虫没什么办法。①因为小飞虫十分灵活，在他身边不断躲避、四处叮咬，还不断发出嗡嗡的声音。

> ❶动作描写
> 小飞虫利用自己的优势攻击狮子，刻画了小飞虫的灵活性和聪明劲。

小飞虫实在太小了，小到难以发现，狮子无计可施。最终，小飞虫在狮子身上叮咬了许多包，狮子只能不停摇摆自己的尾巴，试图驱赶小飞虫，但并没什么用。最终，狮子心力交瘁，败下阵来，小飞虫赢得了胜利。

打了胜仗的小飞虫踌躇满志，逢人就说自己打败了狮子。就在他忘乎所以之时，他掉进了蜘蛛的陷阱，迎来了命运的终结。②所以说，不可轻敌，也不应该恣意妄为，小心才能驶得万年船。

> ❷总结全文
> 阐述了故事的主旨，具有画龙点睛的作用。

小飞虫战胜狮子后得意忘形，成为蜘蛛的盘中餐。这则寓言告诉我们人外有人、山外有山，一时的胜利并不值得我们骄傲，做人应该谨慎、低调。

延伸思考

1.小飞虫战胜了森林之王狮子，为什么会败给小小的蜘蛛？

2.你从小飞虫的遭遇中得到了什么教训？

3.看完这则寓言你受到了什么启发？

老鼠的议会

名师导读

老鼠们为了对抗猫，在一起商议出一个大家都赞成的办法，可是这个办法没有实施，这是为什么呢？

一只名叫罗蒂拉的猫十分擅长捉老鼠，附近的老鼠都忌惮他。老鼠们只好躲在洞里，连饭都吃不饱。

某日，罗蒂拉出门和母猫玩耍，鼠王趁机将鼠小弟们召集在了一起，讨论该如何渡过难关。

①鼠长老提议说："不如在罗蒂拉脖子上挂一个铃铛，这样，他一有动静，铃铛就会叮当作响，我们就能及时撤退。"

❶语言描写

鼠长老的方法听起来很好，但是实施起来很困难。

大家认为这个主意很好，但必须有老鼠愿意身先士卒，把铃铛挂在猫脖子上。大家你看我我看你，没有一只老鼠有这个胆量，于是会议没有讨论出任何实质性的结果。

人们也常常如此，开会时大家都积极踊跃，可之后，却没有任何人去认真执行。

精华赏析

商议出来的办法不能执行，就失去了开会的意义。这则寓言告诉我们，社会永远不缺侃侃而谈的人，但非常缺实干的人。

延伸思考

1.老鼠这样开会有意义吗?

2.看完这则寓言,你觉得老鼠为什么斗不过猫?

3.猫出门后老鼠不去找吃的,却集中起来开会,你对此有什么看法?

向天后朱诺抱怨的孔雀

名师导读

孔雀五彩斑斓的羽毛让所有的动物望尘莫及，但是他并不高兴，这是为什么呢？让我们来看看吧。

孔雀心存不满，于是对天后朱诺说道：“天后，您可否告诉我为何我的歌声比不上夜莺？大家为她悦耳的声音神魂颠倒，这实在让我嫉妒啊！”

对此，朱诺十分不悦：①“你知道有多少鸟儿羡慕你五色斑斓的羽毛吗？你怎么还会嫉妒夜莺的歌声？鸟儿们各有所长，无一例外。如果你再发牢骚，小心我收回你美丽的羽毛！”

①反问 起到了加强语气的作用，更能突出朱诺不悦的情绪。

精华赏析

很多人和这只孔雀一样，拥有再美好的东西都不满足，以至于忽视了自己的优势。这则寓言告诉我们，当我们在羡慕别人的时候，也有人在羡慕我们。

延伸思考

1.孔雀为什么要发牢骚？
2.朱诺的一番话说出了什么道理？
3.读完这则寓言，你对自己有更新的认识吗？

死神和倒霉的人

名师导读

有人总觉得自己过得痛不欲生，可是当死神真的来临了，他们还会这样认为吗？让我们看看下面这则寓言中倒霉得想死的人，见到死神后是怎么做的。

有一个人很倒霉，他每日都祈求死神能快些降临，好了结他悲催的生命。

某日，死神终于听到了他的请求，来到他的身边。[①]倒霉的人看到死神，吓得失魂落魄："不要！你实在是太可怕了！我恳求你离开！"

① 神态、语言描写　写出了倒霉的人惊魂未定的样子，突出了死神的可怕。

正如梅塞纳斯所言："比起死亡，病痛或残疾都是可以忍耐的事，只要活着就好。"死神！请你离开！

精华赏析

求死的人见到死神后吓得不敢死，由此可见死亡的可怕。这则寓言告诉了我们死亡的可怕和生命的可贵。

延伸思考

1.倒霉的人见到死神后不想死了，为什么？
2.这则寓言阐述了什么道理？
3.看完这则寓言后你有什么感想？

橡树和芦苇

名师导读

在艰苦的条件下，平时看上去很厉害的人倒下了，不起眼的人却能逆流而上，就像这则寓言中的橡树和芦苇一样，这是为什么呢？我们来看看有关他们的故事吧。

橡树骄傲地对芦苇说道："瞧瞧你弱不禁风的样子，小鸟站上去或是微风一吹就能把你压得低了头，你该跟老天抱怨。我就不一样了，我宽厚的叶子可以用来遮风避雨。你也可以来我这里躲避风雨，但你却长在河堤上，我也无能为力。"

①对此，芦苇回答："谢谢你为我着想，但我想你过虑了。正因为我纤细，遭受的风暴才不会像你感受到的那般大，更何况，我低下头才能避免被风吹断。咱们可以拭目以待。"他刚说完，就刮来了一阵猛烈的北风。

❶语言描写 芦苇辩证地看问题，橡树眼中的缺点成为他保命的关键，表现出芦苇的睿智。

橡树骄傲地挺立着，芦苇却低下了头。但这次的风尤为凶猛，竟将橡树连根拔起，橡树一命呜呼。

这则寓言把橡树和芦苇进行对比，阐述了别人眼中的缺点有可能成为改变自己的人生的优点这一道理。这则寓言告诉我们，人不能妄自菲薄，更不能看低任何人。

延伸思考

1.橡树为什么要嘲笑芦苇?

2.你觉得橡树和芦苇谁更厉害?

3.看完这则寓言后你有什么想法?

狼和狐狸在猴子面前打官司

名师导读

狼谎称狐狸偷了他的东西，理由是狐狸狡猾且是个惯偷，他们找猴子做裁决。猴子会怎么判这个案子呢？我们来看看这则寓言是怎么说的。

狼谎称自己丢了东西，并指控是狐狸干的，因为狐狸一向狡诈，也有前科。于是，他向法官提起诉讼。

猴子负责审理此案，狼和狐狸在法庭上唇枪舌剑，互不相让，猴子也大伤脑筋。①最后，他说道："以我对你们的了解，你们都有罪在身！狼，你没有证据却诬陷狐狸；而狐狸，你小偷小摸却不思悔改。"

❶语言描写　表现出猴子没有破案的能力，只能凭印象妄下断语。

猴子的这一招真省事，它认为对坏人的案件进行胡乱的审判，怎么错也错不到哪儿去。

精华赏析

这则寓言中的案件十分荒唐，猴子法官的判决更荒唐，他仅凭狼和狐狸平常的表现和作风就对他们妄下定论。这则寓言告诉我们，做判断要讲事实、讲证据，不能想当然地下结论。

延伸思考

1.你觉得猴子这样断案对吗？为什么？

2.如果你是法官会怎么判案？

急流与平河

名师导读

有些看似可怕的东西其实没有危险性，而一些看上去无害的东西却会给人致命的伤害，就像急流和有流沙的水流平缓的河。我们来看看下面这则寓言。

一个人在路上与强盗狭路相逢。为了保命，他骑着马仓皇而逃，来到了一条急流面前。

急流看起来很可怕，但强盗越来越近，他无路可走，只好壮着胆子涉水前行。过河之后，强盗依旧穷追不舍，那个人只好继续向前逃。

没多久，他又来到一条河边，[①]比起之前的急流，这条河显得非常平静，悄无声息，看起来毫无危险。之前的幸运让他没多想就骑马下了河。可惜，河底竟然满是流沙，马陷入其中后根本使不上劲儿，越陷越深。

①对比

以白描的手法写平缓的河看上去没有一点危险。

由此可见，有时看似动静大的事物并不真正可怕，而沉默背后，可能是不见底的深渊。

这则寓言拿急流和水流平缓的河作比，向人们阐述了识人观事不能只看表面的道理。看得见的危险往往可以预测和防范，

反而是那些悄无声息的威胁更值得我们提高警惕。

延伸思考

1.骑马的人为什么对水流平缓的河完全没有戒心?
2.你从骑马人的故事中得到了什么教训?
3.这则寓言告诉我们什么道理?

狼和仙鹤

狼吃东西时被食物卡住了喉咙，命悬一线的时候仙鹤救了他。仙鹤要狼报答救命之恩，狼会怎样报答仙鹤呢？我们来看看下面这则寓言吧！

一只狼非常贪吃，总是狼吞虎咽地吃东西，不幸卡住了喉咙。

此时仙鹤经过，狼恳求仙鹤帮忙救他。[1]很快，仙鹤就用自己长长的嘴把卡在狼喉咙里的食物取了出来，救了狼一命。

❶ **动作描写** 仙鹤利用自己长长的嘴救了狼，体现出他很善良、聪明。

仙鹤提出要报酬，狼却说："报酬？我看你是脑子糊涂了！我喉咙里的东西就是你的报酬，你竟然贪得无厌！滚！恩将仇报的东西！不要再出现在我面前！"

狼说仙鹤贪得无厌、恩将仇报，其实这两个词是他自己的最真实的写照。这则寓言告诉我们对别人的帮助要抱有感恩之心，不要恩将仇报。

延伸思考

1.你觉得仙鹤向狼要报酬合情理吗？

2.你赞同狼说的话吗？为什么？

苍蝇和蚂蚁

名师导读

苍蝇觉得自己很伟大，因为他有翅膀，可以自由出入皇宫，品尝美食，亲近国王……可是他最后却在饥寒交迫中死去，这是为什么呢？

苍蝇和蚂蚁激烈争论着，他们在讨论究竟谁更伟大。

苍蝇愤愤不平道："神啊！蚂蚁根本没有和我争论的资格啊！他不过是一个渺小的在地上爬行的动物！而我，却是风神的女儿！[①]我可以自由出入宫殿，随意品尝那些珍贵的贡品，我甚至可以轻抚国王的脖颈、衬托公主的美丽！反观这只微不足道的小蚂蚁又能做什么？不过是一个可怜的搬运工罢了！"

①语言描写　苍蝇把自己的缺点说成了优点，表现出他又自负又无知。

对此，努力而勤勉的蚂蚁不以为然，驳斥道："没错，你可以自由出入宫殿，但那样做的你只会令人感到厌烦；而当你品尝贡品的时候，贡品会因此而变质；你说自己轻抚国王的脖子？别逗了，你还轻抚驴子的脖子呢！而当你衬托公主的美丽之时，就是人类想拍死你的时候！你不过是一只苍蝇，是一只讨厌的害虫！你所谓的本事，有什么可炫耀的？"果然，苍蝇最终被赶出了宫殿，在饥寒交迫中悲惨地死去。

[②]由此可见，只有劳动才是我们致富的途径；虚荣只会创造幻想，没有任何的实质意义。

②总结全文　总结主题，具有画龙点睛的作用，同时使故事更加完整。

精华赏析

苍蝇对自己的行为不以为耻反以为荣，最后遭到驱赶而丧命。这则寓言告诫人们要以勤劳为荣，分清光荣和虚荣的区别。

延伸思考

1.这则寓言中的蚂蚁有什么值得我们学习？
2.苍蝇之死给了我们什么教训？
3.试分析这则寓言中苍蝇的性格。

老鹰和猫头鹰

名师导读

猫头鹰和老鹰约定不伤害彼此的孩子，但是老鹰还是把猫头鹰的孩子当食物吃掉了。这是怎么回事呢？

猫头鹰和老鹰结盟，起誓绝不会伤害对方的孩子。随后，猫头鹰问道："你知道我的孩子们长什么样子吗？"

老鹰答："不知道。我一定信守承诺不伤害他们，所以你要告诉我他们的真实模样。"

猫头鹰骄傲地答道："我的孩子非常可爱，如果你看到他们，一定一眼就能认出来。"

有一天，老鹰外出觅食，在山崖上看到几只小鸟。[1]那几只小鸟样貌丑陋，神色悲哀，叫声也不怎么好听。老鹰特意回想了猫头鹰的话，认为这绝不是她的孩子，于是把这窝小鸟当作美食吃掉了。但事实上，这恰恰就是猫头鹰的孩子。

回到家里的猫头鹰惊恐万分、悲痛异常。她向神控诉，神却回答："这件事错在你。所有人都认为自己的孩子独一无二、完美无缺，但事实真的是这样吗？"

❶ **外貌描写**

从老鹰的视角描写了猫头鹰孩子的外貌，这与猫头鹰对他们的描述形成了鲜明的对比。

精华赏析

猫头鹰失去孩子，与她没有客观认识自己的孩子有关。通过这则寓言，我们明白了：自视过高会自找麻烦。

延伸思考

1.为什么在猫头鹰和老鹰眼中，猫头鹰的孩子截然不同？

2.猫头鹰的孩子被吃掉这件事，给了人们什么教训？

3.你对老鹰吃掉猫头鹰的孩子有什么看法？

戴着孔雀羽毛的八哥

名师导读

我们都知道孔雀的羽毛非常美丽。有一只八哥为了和孔雀比美，就把孔雀的羽毛插在自己的身上，还得意扬扬地来到孔雀面前卖弄，结果会如何呢？我们一起来看看吧。

一只八哥在路上捡到了孔雀掉落的羽毛。[1]他兴高采烈地把那些羽毛插在了自己身上，觉得如此一来，自己也能跟孔雀媲美了。于是他恬不知耻地跑到孔雀们面前卖弄起来。

❶ **动作、心理描写** 八哥模仿孔雀的行为表现了他自卑的心理，同时也表现了他恬不知耻的特点。

孔雀们一眼就看穿了他的伎俩，讥讽他不过是个“伪劣品”，一起将八哥身上插的毛拔得一干二净，并将他逐了出去。

有的人也和这只八哥一样，虽然都长着两条腿，但总喜欢抄袭他人的成果。

精华赏析

我们的生活中有很多像八哥这样的人，想方设法模仿别人的成就，结果弄巧成拙，甚至失去了自我。这个故事告诉我们，与其花精力模仿别人，还不如把精力用来做更真、更好的自己。

延伸思考

八哥插上孔雀的羽毛就能变得和孔雀一样漂亮吗？

农夫、狗和狐狸

人们常说“有理走遍天下，无理寸步难行”，但是这句话放在下面这则寓言中的猎狗和农夫身上却行不通。他们之间到底发生了什么事呢？

一只狐狸和一座农场比邻而居，狐狸对农场里成群的母鸡垂涎三尺，总是想逮着机会偷上几只。农夫知道狐狸的存在，本应警惕万分，可某天晚上，他却疏忽大意，将鸡舍大门敞着就休息去了。

夜深人静之时，农夫和猎狗都睡着了，狐狸终于抓住了机会，蹑手蹑脚溜进了鸡舍，残害了所有母鸡，现场惨不忍睹。

翌日清晨，农夫和往常一样来鸡舍查看，看到鸡舍的情景，分外生气。①他将怒火都撒到了猎狗身上：“你这废物！我养你做什么！为什么不看好大门？”

❶ 语言描写 农夫将自己的错误怪罪在猎狗的身上，表现了他的无理和蛮横。

猎狗却不甘示弱道：“这不是我的错，错在你！如果你睡觉前把大门关好，就什么事都没有了。”

猎狗的话完全在理，但结局却是他遭到了主人的一顿毒打。

精华赏析

农夫犯错不知道反省，反而怪罪无辜的猎狗，只因猎狗受制于他。这则寓言告诉我们，自己的职责要自己去履行，不要寄希望于他人，更不要将自己的失职失责怪到别人身上。

延伸思考

1.农夫为什么能够随意打骂猎狗？

2.你觉得猎狗无辜吗？为什么？

3.你读完这则寓言后有什么感想？

下金蛋的母鸡

名师导读

拥有一只能下金蛋的母鸡是一件多么幸运的事情！可是下面这则寓言中的主人竟然把下金蛋的母鸡给杀了。这是为什么呢？我们一起来看看吧！

有一只会下金蛋的母鸡。每一天，她都为自己的主人下一颗金蛋。

①她的主人贪得无厌，想要一下子获得所有金蛋。于是他剖开了母鸡的肚子，可令他感到惊讶的是，鸡肚子里一颗金蛋都没有。

❶解释说明 主人想要得到所有的金蛋，生了贪念，为下文做铺垫。

这样一来，母鸡死了，再也不会下出金蛋了。所以说，一夜暴富、一步登天的事是没有的。

精华赏析

这则寓言中的主人不仅贪心，而且还很愚蠢，他只求结果不想后果。其实我们中有的人何尝不是如此呢？从这则寓言中，我们应该明白，做任何决定不要只顾眼前的利益，应该想想这样做的后果。

延伸思考

1.主人剖开母鸡肚子的后果是什么？

2.看完这则寓言，你有什么收获？

老鼠和大象

名师导读

老鼠过街人人喊打，可是有一只老鼠偏不信邪，他觉得自己不受欢迎是因为身材矮小，还准备向人们解释自己如何厉害。那么，结果会如何呢？

大象驮着王妃和她的宠物，步伐稳健地行进着，一路上收获了人们的掌声和赞誉，并以此为傲。

[①]将这一切看在眼里的老鼠喃喃自语道："所以说是身材决定了我们是否受欢迎吗？但我也很厉害，一点都不比大象差……"他正要跟人们阐明自己的想法时，王妃的猫从笼子中挣脱出来扑向了他。

❶语言描写 刻画出老鼠不能正视自身、不知天高地厚的特点。

在这一刻，他终于知道了自己的分量，他根本不能和大象相提并论。

精华赏析

老鼠不能正视自己的能力，一出现就被猫逮住。这则寓言告诉我们不要自视过高，要有自知之明，正确掂量自己的分量，这样才不会自找麻烦。

延伸思考

1.请分析这则寓言中老鼠的性格。

2.你从这则寓言中收获了什么？

教 养

名师导读

人们常常把别人的成功归结到别人天生就有一个聪明的脑子，真的是这样吗？相信你看完下面这则寓言，心中就会有答案了。

有一对狗兄弟，师出同门，但他们追随了不同的主人。

那只名叫拉里冬的狗，跟着一位厨师，成了厨师的学徒。他性格懦弱，好吃懒做，一生无所作为。[1]而另一只叫恺撒的狗，追随了一个猎手。每一天，他都勇往直前地和野兽战斗。平日里也严于律己，举止颇具绅士风度。

所以说，天赋不能决定一个人的一生，教养也非常重要。

[1] **叙述** 讲述恺撒如何变得具有绅士风度，和拉里冬形成对比，更能说明教养的重要性。

精华赏析

这则寓言将两只狗进行比较，阐述了天赋不是决定人成败的主要因素，后天的教养非常重要的道理。

延伸思考

1.这则寓言在写作上有什么特点？

2.试分析将两只狗进行比较的作用。

3.看完这则寓言，你觉得天赋和后天教养哪个对人的影响更大？为什么？

为主人送饭的狗

名师导读

一只狗在给主人送饭的途中感到非常饥饿,但是他非常忠心又有责任心,宁可挨饿也不愿意偷吃主人的食物。可是,最后食物还是没有送到主人的手中,这是为什么呢?

一只狗非常有教养,举止得体,他在为主人送饭的途中,感到饥饿无比,但他有强烈的责任心,不肯偷吃主人的饭,一心想要完成自己的使命。

可走着走着,迎面来了几只流落街头、靠乞食为生的野狗。这些狗看到他脖子上挂着的装满饭菜的餐盒,想要分一杯羹。[1]送饭的狗眼见寡不敌众,加上禁不住食物的诱惑,便对那些抢食的狗说道:“好吧,你们拿去吧,但要分给我一点。”

❶语言描写 狗向现实屈服,背叛了主人,也背叛了自己的初心。

在人类社会里,这样的人也很常见。平日里,他们往往能恪尽职守、严于律己,一旦看到周围的人都失去控制时,他们立刻就会同流合污。

精华赏析

这则寓言将故事和现实结合,说完故事后发表议论,这样能够深化主旨,让深奥的道理变得浅显易懂。这则寓言也提醒我们要坚持原则、不忘初心。

延伸思考

1.相比其他的寓言,这则寓言有什么特点?

2.尝试分析狗要求分一份主人食物时的心理。

3. 有人觉得主人的食物已经保不住了，狗吃一点也没有关系,总比饿着肚子强。你怎么看呢?

年迈的狮子

狮子是百兽之王，野兽们无不对他毕恭毕敬。当狮子到了垂暮之年，野兽们还会一如既往地对他吗？我们来看看下面这则寓言中的野兽们是怎么对待年迈的狮子的。

随着时间的流逝，曾经暴虐的狮王年纪越来越大，身体也越来越差。他的国民看到他大势已去，纷纷造反。①马用自己的蹄子狠狠踢了他一脚，狼则毫不留情地咬了狮王一口，牛更是用自己的牛角攻击了他。

❶行为描写 刻画了动物们欺软怕硬的特点。

面对这一切，狮王感到灰心丧气却无法反抗。直到连一头驴子都跃跃欲试想要欺负他时，他叹道："你们真是欺人太甚！我不过想安安静静地离去，你们却令我愁肠百结、度日如年。"

这则寓言通过写野兽们对待年迈的狮子的态度，讽刺了那些趁火打劫的小人的丑恶嘴脸。另外，我们也从这个故事中明白了：当恶人风光不再时，与他积怨已久的人会起来反抗，所以做人应该善良。

延伸思考

请你分析一下，野兽们为什么要欺负年迈的狮子？

鹰和鸡

主人和颜悦色地请鸡来自己的厨房，可是鸡却害怕地逃走了。鸡在害怕什么呢？我们来看看下面这则寓言吧！

某一天，主人对鸡态度和蔼，请他去厨房一趟。可听了主人的话后，鸡不仅没有受宠若惊，还掉头就跑。

看到这一幕的鹰十分不解，他问道："你为什么不听你主人的话呢？"

①鸡回答说："在你看起来他温柔可亲，可我知道这一切不过是伪装。他让我去厨房，一旦我照做了，会立刻变成他们砧板上的肉，最后被呈上饭桌的！"

❶**语言描写** 鸡一眼就看穿了主人温柔背后的阴谋，表现出他的谨慎和清醒。

鹰听了鸡的话，感到不可置信："会不会是你想多了？"

鸡叹道："怎么可能呢？难道你方才没有看到他手里正拿着刀吗？快让我走！当人们杀鹰类就像杀我们一般易如反掌时，你就会明白我今天的话的！他们表现出的温柔，就是提醒我逃跑的信号！"

这则寓言从鸡的视角解析温柔背后隐藏的阴谋，提醒人们

不要被表面现象所迷惑。在拉封丹所在的封建社会，那些看上去和蔼可亲的贵族老爷，很多都是欺压平民毫不留情的野兽。

延伸思考

1.主人请鸡去厨房做什么？
2.你觉得这则寓言里的鸡有哪些品质值得我们学习？
3.这则寓言中的鸡和主人分别代表了封建社会哪个阶层的人？

马车和苍蝇

名师导读

六匹马拉着笨重的大车往山顶上爬，苍蝇见状飞到了车顶上。当大车到达山顶的时候，苍蝇感到非常骄傲。那么，苍蝇在车顶上做了什么？他为什么会感到非常骄傲？

六匹马齐心协力拉着一辆笨重的大车朝山顶走着。在一个陡坡面前，马儿们停下脚步，气喘吁吁。

此时，马车上的人都下了车，一只苍蝇却飞到了车顶。苍蝇不断嗡嗡叫着，以此为那些马加油。没一会儿，车轮又向前滚动了，苍蝇对此十分得意，认为都是自己的功劳。[①]他感觉自己就像在沙场上，统领千军万马冲锋陷阵取得了胜利的将军一样。

①心理描写 表现了苍蝇自命不凡、毫无自知之明。

最后，马车终于到达了山顶。苍蝇神气地说："好了，是各位休息的时候了，但你们应该知恩图报，如果没有我，马是爬不上来的，快给我报酬吧！"

很多人就像这只讨厌的苍蝇，总是看似热情地在旁人的事情里插上一脚，自命不凡，认为自己很重要，但事实上，却令人十分厌恶。

精华赏析

这则寓言描写了一只把别人的劳动成果归功于自己的苍蝇，讽刺了那些没有自知之明的无知的人，告诫人们要正确认识自己，要谦虚不要骄傲自满。

延伸思考

1.苍蝇为什么觉得自己劳苦功高？

2.请分析苍蝇的性格。

3.你看完这则寓言后有什么感想？

淹死的女人

名师导读

女人淹死在河里，丈夫去河边找她的遗体，可是后来有两个人为这件事争吵起来，把事情弄得很复杂。这到底是怎么回事呢？

一个女人不小心掉进水里淹死了，她的丈夫闻讯赶来。到了河边之后，他想要找到妻子的尸体，便向路人求助："请问你们知道些什么吗？能告诉我应该去哪儿寻找我妻子的尸骸吗？"

一个人答道："我什么都不知道，但我认为你可以试着去下游看看，按理说尸体会顺流而下，说不定你能在那儿找到你的妻子。"

①可另一个人马上反驳道："不，我不这么认为，为什么不去上游看看呢？"

①语言描写　为了反驳别人，提出完全违反常识的建议，表现了此人的盲目自大和愚蠢。

有些人就是如此，自己并不明白其中缘由，只是喜欢反驳别人的意见，并引起争论罢了。

世界上总有一些自作聪明的人，为了显示自己的聪明和个性，就处处反驳别人，对别人的想法和做法指指点点。其实，这样做非但不会显示他的聪明和个性，反而会显得粗鲁、愚蠢，招

人厌烦。

延伸思考

1.你觉得提出反驳意见的人讨厌吗？

2.遇到喜欢唱反调的人，我们应该怎么做？

3.看完这则寓言你有什么感悟？

中箭受伤的鸟

人类残忍地射杀了一只小鸟，小鸟临死前却说人类的好日子到了尽头。他为什么会这样说呢？我们来看看下面这则寓言吧！

一只在天空中飞翔的鸟被人类的箭射中，命不久矣。

他哀叹道："残暴的人类，你们为什么要把自己的快乐建立在我们的痛苦之上？滥杀无辜，天理不容！"但很快，他又补充道：①"愚蠢的人类，不要因此而扬扬得意，你们的好日子也到头了。因为你们将冲突不断，永无宁和之日。"

①语言描写 鸟看出人类残暴背后的危机，表现出鸟的睿智。

人类残忍地杀害弱小的鸟，也会用同样的方式相互残杀，最终都不会有好结果。这则寓言告诉我们，用残酷的方式取得的胜利是暂时的，对别人残忍也是对自己残忍，终有一天会自食恶果。

延伸思考

1.小鸟为什么觉得人类好日子到头了？
2.这则寓言揭露了人类的什么特点？
3.你从这则寓言中得到了什么启发？

青蛙和老鼠

名师导读

老鼠在池塘边碰到了一只青蛙，青蛙邀请老鼠去家里享受美食，可结果他们都变成了老鹰的食物。到底发生了什么事情呢？

有只老鼠非常贪吃，逐渐变得肥胖无比。某天，他在池塘边碰见一只青蛙。

青蛙对他说："亲爱的朋友，我家里准备了美味的菜肴和清冽的好酒，诚挚邀请你来我家做客，可好？"

老鼠很开心，一口答应了，但是他不会游泳，在池边犯了难。

[1]青蛙热心地说道："别担心，我用草绳把你的腿跟我的绑在一起就可以了。"

老鼠依言跟着青蛙下了水。忽然，青蛙原形毕露，他拖着老鼠拼命往水里钻，原来他是想把老鼠当作自己的食物！此时，天空中飞过一只老鹰，他看到了在水面挣扎的老鼠以及那只青蛙，轻而易举将他们一起捉住，饱餐了一顿。

作恶者终会自食其果，虚情假意、过河拆桥的人也会遭到报应。

❶语言描写

青蛙将自己的腿和老鼠的腿绑在一起，也将他们的命运绑在了一起，为下文他们被老鹰捉住做铺垫。

精华赏析

作者在这则寓言中以贪婪的老鼠和心怀鬼胎的青蛙命丧鹰腹的故事，告诫我们要做一个善良的人，不要妄想天上掉馅饼，也不要作恶。

延伸思考

1.请分别对老鼠和青蛙的性格进行分析。

2.老鼠和青蛙谁更可恨？为什么？

3.你从这则寓言中吸取了什么教训？

命运女神和儿童

名师导读

小孩在井口边睡觉，命运女神担心人们又把自己的不幸怪罪到她的身上，所以叫醒了小孩，避免了一次意外。然而，命运女神没法眷顾每一个人，那么，我们该怎么办呢？

一天，一个孩子不小心在井口睡着了。恰逢命运女神经过，看到了这番景象。①她好心将他唤醒，提醒道："孩子，去别处吧。在这里睡觉实在太危险了，你很容易掉进井里。如果那样的不幸发生，人们会怨恨我的。"

①**语言描写** 从侧面说明人们因自己的不幸而埋怨命运的情况经常发生。

命运女神的话极为在理，人们祈求上天的庇护时，自己却不懂得爱惜自己的生命，最终不幸发生时，又会将这一切归咎于命运。

精华赏析

命运女神不能眷顾每个人，所以我们应该把命运掌握在自己的手中。从这则寓言中我们明白了：与其抱怨上天不公，还不如做自己的命运女神。

延伸思考

1.命运女神为什么要叫醒孩子？

2.你心目中的命运女神是什么样的？

燕子和小鸟

燕子适时地劝小鸟吃了种子逃走、拔掉幼苗、找地方藏身，但是小鸟不仅不听还反唇相讥。那么小鸟的结局会怎样呢？我们一起来看看吧！

一只燕子在天空飞翔的过程中，学到了不少有用的实际知识。譬如，他知道风暴何时会来，并会提前通知水手。

到了播种的时节，农夫们在地里辛勤地耕耘。看到这番景象，燕子赶忙去通知小鸟：①“这里不宜久留，我要飞走了。你们最好快点吃掉种子然后逃走，否则会被人们抓起来的，到时候后悔都来不及了！”对此小鸟却不以为然，反唇相讥：“为什么要吃种子？明明还有那么多好吃的。”

❶语言描写　燕子好心提醒小鸟，体现出他的热心肠。

后来，种子长成了幼苗，燕子又劝道：“赶快把幼苗拔了吧，否则你们真的没地方可住了。”小鸟不胜其烦：“你这个扫把星，别再添乱了！我们根本做不了这些！”

幼苗终于长大，熟透了，燕子劝道：“我们可以朝南飞，飞过沙漠大海，但你们不行。事已至此，你们只能找些隐蔽的地方躲起来，否则等人们收完麦子，就会开始收拾你们的。”②小鸟依旧不把燕子的话当回事，于是悲剧发生了。小鸟就像七嘴八舌不听劝阻的特洛伊人一样，最终落得被杀的悲惨结局。

❷类比　写出了小鸟不听善意劝告的后果。

人们一向如此，只听得进和自己看法一致的意见，自作聪明、执迷不悟，直到大祸临头，才恍然大悟。

精华赏析

这则寓言描写小鸟的执迷不悟，并告诫人们：固执己见、不听劝告的人终会因自己的顽固而自食其果。

延伸思考

1.这则寓言描写了一只什么样的小鸟？

2.你喜欢这则寓言中的燕子吗？为什么？

3.读完这则寓言你有什么心得体会？

家鼠和田鼠

名师导读

田鼠来到家鼠家中做客，他本来沉醉于家鼠准备的美食，可是还没有吃完他就没了兴致。那么，到底发生什么事情了呢？

一只家鼠邀请田鼠来自己的家享用晚餐。在一块精美的土耳其地毯上，他们像模像样地拿着餐具，享受起美味的珍馐。

①谁知，正当他们享受美食之时，门口有细微的动静传来。这一响，吓得家鼠仓皇而逃，田鼠不知所措，也跟着逃走了。过了一会儿，外面回归平静，家鼠和田鼠回到了餐桌上。家鼠提议："我们来继续享用美食吧！"

❶叙述 烘托出紧张的气氛，同时为下文做铺垫。

可田鼠却说："还是算了，我已经一点儿食欲都没有了。不如明天你来我家，虽然我家的食物没有这么精美，但起码我们可以悠闲自在地享受晚餐时光，不必担惊受怕。今天实在令人感到败兴，咱们明天见。"

田鼠的兴致被打断后没有了食欲，说明享受美食时的心情比美食本身更重要。田鼠的生活虽然清苦，但安宁平静，与家鼠遍尝美食却提心吊胆的生活形成对比。这则寓言告诉我们，再美好的东西,如果存在于令人提心吊胆的高度精神压力之下,宁可不要。

延伸思考

1.田鼠为什么对美食没有兴致了?
2.你赞同田鼠的话吗?
3.这则寓言说明了一个什么道理?

狼和小羊

恶人做坏事总能找到借口，就像下面这则寓言中要吃掉小羊的狼一样。那么，狼找了些什么借口吃了小羊呢？我们一起来看看吧！

一只小羊口渴了，于是在一条小溪边喝水，忽然他身边蹿出了一只饿狼。

饿狼对他说："好大的胆子！这是我的水，不经过我的允许你就敢喝？"

小羊忙解释道："请不要生气，这里是下游，我不会把您的水弄脏的。"

①狼又发难道："不，你已经弄脏了！况且去年你还搬弄是非说了我的坏话！"

①语言描写 狼没有理由也要瞎编理由，暴露出他凶残的本性。

小羊委屈道："不可能！我出生才几个月，还是一只需要喝奶的乳羊啊！"

"不是你就是你哥哥！"

"可我没有哥哥呀！"

"那就是你们家其他羊！人和牧羊犬总是欺负我，现在连你们羊羔也敢骑到我头上！忍气吞声还算什么大丈夫！今天就是我报仇之日！"说着，他扑上去捉住了小羊，并把小羊拖进森林里吃掉了。

读书笔记

精华赏析

狼吃小羊的理由是站不住脚的，可他还是吃掉了小羊，因此跟恶人讲道理是白费口舌，还不如想办法保护好自己。另外，狼想吃小羊又想给自己留个好名声，和那些道貌岸然的伪君子一样丑陋。

延伸思考

1.狼为了吃小羊想了哪些借口？

2.请对这则寓言中狼的形象进行分析。

3.你觉得这则寓言中的小羊可怜吗？为什么？

双层包

名师导读

在这个疯狂追求高"颜值"的时代,如果朱庇特大神要免费为我们"整容",该是一件多么幸运的事情啊!可是下面这则寓言中的动物们都拒绝了大神的恩赐,这是为什么呢?

朱庇特身为万神之王,某日对万物慷慨地说道:"你们都听好了,我现在给你们一个焕然一新的机会。如果有谁对自己的外貌不满意,不妨直言,我会亲手为他修改的。猴子,你觉得自己的外貌称心吗?"

"当然,虽然我用两条腿走路,不像其他动物有四条腿,但我依旧敏捷灵活,我觉得自己的样子好极了。只是,在我看来,熊长得实在不怎么样。"

此时,熊走了过来。朱庇特本以为他会发一通牢骚,哪想他竟说:[①]"我身材魁梧,顶天立地,对此我感到分外满意。但我想大象耳朵大而笨重,尾巴又太过短小,应该改一下。"

读书笔记

①语言描写

熊对自己很满意,并对大象评头论足,体现出他的自恋。

可大象对此不以为意,他认为:"我倒是觉得鲸鱼应该再瘦一点。"

一时之间,众说纷纭,大家相互争执了起来。

和这些动物相比,人亦如此,总是很容易看到别人的缺点,对自己的不足之处却视而不见,就像双层包。一直以来,人们总是如此,宽待自己的缺点,却对别人的缺点十分严苛。

精华赏析

这则寓言中的动物对自身的缺点习以为常，却看不惯其他动物的缺点。通过这则寓言，我们明白了自信是一件好事，但是无限包容自己的缺点、苛责他人，永远都没办法进步。

延伸思考

1.动物们为什么不愿意接受朱庇特的慷慨？

2.有人觉得动物们不愿意修改自己的相貌，最起码说明他们很自信，你觉得呢？

3.你觉得这则寓言的亮点在哪里？请分析。

雕塑家和朱庇特的雕像

名师导读

雕刻家擅长雕塑，诗人才华横溢，他们都自我感觉良好，人们都称赞不已，但是在下面这则寓言中作者却不以为然。我们一起来看一看吧！

雕塑家具有炉火纯青的手艺，他雕刻出来的朱庇特栩栩如生，就连他站在自己创作的朱庇特雕像前，也会顿生敬畏之心。

诗人才华横溢，创作出的神谕让他自己都十分敬重而生畏惧之心。

①雕塑家和诗人都是太容易沉溺于自身想象中的人，这并不是一件好事。他们应该学着直面现实。

❶议论 说明雕塑家和诗人都自我感觉良好，不能直面现实。

精华赏析

这则寓言以空洞无物的雕像和诗文讽刺一些作品没有内涵，同时告诫文人不应该把心思花费在创作技巧上，应该更注重作品的现实意义。

延伸思考

1.这则寓言表达了作者的什么观点？
2.这则寓言对你今后写文章有指导意义吗？
3.你对末尾的“直面现实”有怎样的理解？

藏宝者和同伴

有一个非常吝啬的人，吝啬到把钱埋起来，连自己都不花。可是后来发生了一件事，让吝啬的人改变了想法。那么，到底是什么事情改变了他呢？

有一个吝啬鬼，腰缠万贯却锱铢必较。为了防止自己花钱，他甚至想出把钱埋起来的主意，并叫来一个朋友和他一起把所有的财产埋在了地底下。

然而他依旧不放心，过了一段时间，他前去查看，竟发现地下空无一物，所有财产都不见了！他意识到是朋友将钱财偷去了，于是又将洞的表面盖好，找到朋友，[1]对他说："我还想把剩下的钱财埋起来，你帮我一起埋吧。"翌日，他来到藏宝地，发现钱财全都"回来"了。

从那之后，他不再吝啬。而偷了他钱的朋友，罪行被大家知晓，遭到众人的谴责和蔑视。

❶语言描写 吝啬鬼没有直接问朋友要回钱，而是想法让朋友主动还钱，表现了他的冷静和聪明。

吝啬鬼虽然小气，但是懂得变通，比偷他财产的朋友要强得多。通过这则寓言，我们也明白了遇事要冷静，要讲究方式方法。

延伸思考

1.吝啬鬼用什么方法拿回了自己的钱？

2.你认为吝啬鬼有哪些优点？

3.看完这则寓言你有什么收获？

两只山羊

名师导读

两只山羊在独木桥的两端相对而行,他们宁愿掉入河中也不愿意让步。这到底是为了什么呢?我们来看看下面这则寓言吧!

晚饭后,一只山羊去散步。到达一座独木桥的时候,他看到了另一只山羊在桥的另一端。

桥下水流湍急,非常危险。但两只山羊为了面子,都挺胸抬头朝前走,完全没有相互避让的意思。

[1]独木桥实在是太窄了,不可能供两只山羊并排通过。但他们仍旧不肯向对方妥协半步。最终,两只山羊都掉进了湍急的河水之中。

❶解释说明

为下文埋下伏笔。

精华赏析

山羊为了保住面子掉入河中,这样的行为既愚蠢又不理智。不妥协、不放弃是很宝贵的品质,但也要看面对的是什么情况。

延伸思考

1.你会为两只山羊的结局感到惋惜吗?为什么?

2.你从这两只山羊身上收获了什么?

3.你认为这则寓言对你为人处世有帮助吗?请简要分析。

狼和狐狸

狐狸不愿再偷鸡，觉得捕羊更威风，便向狼请教。他学会了捕羊的方法后，却放弃了即将到手的肥羊。这是为什么呢？

读书笔记

狐狸对狼奉承道："我对您既敬仰又羡慕，您是那么的厉害，威风凛凛，能够轻而易举捕捉到鲜美的肥羊。而我，只能可怜巴巴地去偷鸡。朋友，可否教我一些本领？我对那些肥羊早已垂涎三尺！"

狼十分大方，不知从哪儿找来一张狼皮，披在了狐狸身上，然后又将自己捕羊的方法教给了狐狸。狐狸天生聪明，很快就掌握了要领。离远了看，他就像是一头真正的狼。

①此时，一大群羊恰好经过，狐狸二话不说就扑了上去，就在他要成功的时候，不远处传来一声鸡叫。狐狸竟然放弃了即将到手的肥羊，掉头就朝鸡的方向冲了过去。

①叙述

狐狸听到鸡叫立刻转身去抓鸡，放弃了即将到手的肥羊，可见他本性难改。

人们总是容易羡慕他人的生活，贪得无厌，但同时又难以改变自己的本性。

精华赏析

狐狸掌握了捕羊的方法，却难改偷鸡的本性，永远都不能像狼一样威风凛凛。这则寓言告诉我们，伪装只能瞒过别人一时，想要以此改变自己的本性是不可能的，一有合适的机会，就会故态复萌。

延伸思考

1.狐狸为什么要向狼学习捕羊？

2.请分析评价狐狸放弃肥羊转而抓鸡的行为。

3.你从这则寓言中收获了什么？

狮子、猴子和两头驴

狮王向猴子讨教如何成为一个明君，猴子就给狮王讲了一个故事，故事讲完后狮王面露不悦。猴子讲了个什么样的故事呢？

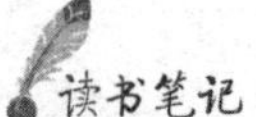

狮王希望自己英明神武，能被称为明君，于是他邀请猴子前来商讨治理国家的办法。

猴子诚恳地答道："身为明君，就不可虚荣，否则灾难就会降临。"

狮王问道："何出此言？"

猴子回答："从前有两头蠢驴，他们爱慕虚荣，总是通过相互吹捧的方式来满足自己的心理需求。[①]一个会说：'朋友，人类总是看不上我们，但实际上，我们都出类拔萃。譬如你，拥有最动人的嗓音，夜莺都不得不俯首称臣。'另一头驴子附和道：'是呀，朋友，你唱歌也很厉害。'两头驴认为通过这种方法就能赢得他人的尊敬，因为这样的行为在人类中屡见不鲜。人们热衷于恭维他人和被他人恭维，国王也难免会落入俗套之中。"

①语言描写　表现出驴爱恭维的特点。

讲完这个故事，猴子又随意说了几句就行礼告退了。因为他发现狮王根本不喜欢别人的负面评价。

精华赏析

狮王想当明君却听不得真话，讽刺了统治者的虚伪；驴子为了受到尊敬便相互吹捧，显得很愚蠢。从这则寓言中，我们明白了：不要见马屁就拍，小心被马踢；对于奉承的话听听就好，不要当真。

延伸思考

1.猴子讲的两头驴的故事说明了什么道理？

2.猴子为什么要行礼告退？

3.请分析猴子的性格特点。

被割去耳朵的狗

名师导读

狗的耳朵被主人割掉了。刚开始时，狗因此事对主人充满了怨恨，可是后来他觉得主人的做法是对的。狗的想法为什么会有这么大的改变呢？我们来看看下面这则寓言吧！

一条狗被自己的主人割去了耳朵。他苦不堪言，不明白主人为何对他如此残暴。

可他渐渐发现了自己没有耳朵的好处。①因为他是一条看门狗，职责就是守卫家园，但耳朵一直是他的一个弱点，很容易遭到敌人的攻击。现在失去了耳朵，他就没了弱点，自然可以百战不殆，甚至狼都无法战胜他。

❶ **解释说明** 解释这只狗没有耳朵的好处，让读者恍然大悟，使故事浅显易懂。

精华赏析

狗没有耳朵变得更强大，所以说失去并不一定全是坏事。这则寓言告诉我们：做人应该懂得取舍，发现了自己的弱点就要及时改正，不要等到吃了亏再追悔。

延伸思考

1.狗的耳朵被割掉后，思想发生了什么变化？
2.狗没有耳朵后，生活有了什么变化？
3.你在这则寓言中受到了什么启发？

鸢和夜莺

名师导读

夜莺有非常动听的歌喉，就连国王都对她称赞有加，她请求为鸢唱一首歌，给鸢国王般的待遇，但是鸢拒绝了。鸢为什么要拒绝呢？

一只夜莺落到了鸢手里，她请求鸢放过她：[①]“我一点都不好吃，我的优势是唱歌，我可以唱出美妙的歌声，不如你听我唱歌剧吧！”

❶语言描写 夜莺巧舌如簧，想借唱歌保命，表现出她对自己歌声的自信。

鸢不领情，说道：“比起听歌剧，我更想快点儿填饱我的肚子。”

夜莺又道：“你知道吗？国王都称赞我的歌声呢！”

鸢答道：“既然如此，我更没必要附庸风雅了，就把美妙的歌剧留给国王吧。对我而言，填饱肚子是最重要的事。”

精华赏析

夜莺引以为傲的歌喉没能救她一命，因为她献殷勤的对象是一只连填饱肚子都成问题的鸢。所以说，人有一技之长固然重要，但没有用武之地也是白搭。

延伸思考

1.鸢为什么不听夜莺动听的歌声？

2.有人觉得鸢太死板，可以先听歌，再填饱肚子。你怎么看？

孩子和教师

名师导读

当一个掉入河中的孩子在命悬一线之际向你求救时，你会怎么做呢？如果你还没想好，先看看故事中的教书先生是怎么做的吧。

一个孩童快活自在地在塞纳河边上嬉戏，哪想，他一不小心竟掉进了河里。老天保佑，河边恰好有一棵柳树，细长的柳条垂到了水面。孩子拼命抓住了树枝，才没有被河水冲走。

此刻，一个教书先生从河边经过，孩子冲他大喊道："快救救我！我要被河水冲走了！"

❶语言描写 教书先生的话看似语重心长，其实全是废话，场合和时机都不对。

[①]教书先生看到了孩子，非但没有立即施救，反倒开始了一番说教："这就是你淘气的后果！我替你的父母感到无奈，对他们深表同情，养出的孩子竟如此顽劣！"

说完这一大通话后，他才把孩子从河里救了出来。

生活中我们也经常会碰到这样的人，以说教为乐，讲起大道理滔滔不绝，却不懂做事情要审时度势、分辨场合。啊，我亲爱的朋友！先把我从危险中解救出来，再高谈阔论也不迟呀！

精华赏析

这则寓言在人物设置上别有用心，以一个迂腐的教书先生为例，讽刺了那些讲大道理不分场合的人。从这则寓言中我们明白了，做事一定要分清主次，说话要注意场合。

延伸思考

1.你对这个教书先生救人时的做法有什么看法？

2.你从这则寓言中学到了什么？

3.有人为教书先生抱不平，觉得他既然救了孩子，之前讲讲大道理也没什么。你觉得呢？

自以为出身高贵的骡子

名师导读

骡子一直觉得自己出身高贵，可他年迈时却被赶进了磨坊。他为什么觉得自己高贵，又为什么被赶进磨坊？

❶ 解释说明
解释骡子自命不凡的原因。

一头骡子自命不凡。①因为他是主教的坐骑，所以他认为自己出身高贵。这头骡子的母亲也十分了得，曾立下赫赫战功。

白驹过隙，这头骡子也逐渐年迈，被人赶进了磨坊。此时此刻，他才记起自己的父亲不过是一头普通的驴子。

精华赏析

骡子做主教的坐骑跟他的出身无关，这从他一年迈就被赶进磨坊可以看出。这则寓言告诉我们，人要认清自己的位置，否则会沦为笑柄。

延伸思考

1.骡子为什么自命不凡？
2.骡子是功臣的后代，晚年为何如此凄惨？
3.你从这则寓言中明白了什么道理？

狼、母亲和小孩

名师导读

一个农妇哄孩子时，说孩子再哭就让狼把他吃了。这话正好被屋外的狼听到了，狼就在屋外静静地等候。那么，等待狼的将会是什么呢？

有一个村子附近总是有狼出没。狼早就想把人类养的牲口吃掉了，奈何一直没有合适的机会。

某一天，狼静静地在村民的家外等候时机，忽然里面的小孩子哭了起来。只听孩子的妈妈吼道："别哭了！再哭就让狼吃了你！"听到这话的狼欣喜万分，觉得自己的好运到了。

但很快，[1]那位母亲又安慰自己的孩子道："我的乖乖不要再哭了，狼来了也不要怕，我们会杀死狼的。"这话让狼感到迷惑，他无法理解为什么人类一会儿要给他送吃的，一会儿又要杀死他。

❶语言描写 妈妈哄孩子的话狼信以为真，说明了狼的愚蠢。

正当他满腹疑问之时，他被猎狗发现了。赶来的人们问道："你这头狼，在这儿干什么？"狼回答说："里面的母亲要把自己的孩子给我吃。"他话音刚落，就死在了人们的棍棒之下。

精华赏析

这则寓言讲述了狼因相信人哄孩子的话而丧命的故事，告诉我们不要奢望天上掉馅饼，对别人的戏言也不要当真。

延伸思考

1.请对狼的性格作出评价。

2.有人觉得狼单纯才会相信一句戏言，对此你怎么看？

3.你从这则寓言中明白了什么道理？

滑稽演员和鱼

滑稽演员和金融家吃晚餐时，想吃金融家面前的大鱼，便对着自己面前的小鱼说话，金融家听后便把大鱼送到了他的面前。他跟小鱼说了什么？

滑稽演员总是受到众人的欢迎，但我却持有相反的态度，因为在我看来，滑稽表演无异于羞辱别人的智商。

某天，一个金融家邀请滑稽演员共进晚餐。滑稽演员面前的是小鱼，而金融家面前的是大鱼。①滑稽演员想吃金融家面前的大鱼，便将盘子里的小鱼拿了起来，在小鱼耳边低声说着什么。

❶心理、动作描写　滑稽演员为了吃到大鱼便对小鱼说话，这一奇怪的做法符合他滑稽演员的身份，也引起了金融家和读者的好奇心。

看到这样的情景，金融家感到好奇，问道："你在干什么？"

滑稽演员答道："我曾有一个朋友，不幸在海难中失踪了，我至今不知道他是生是死，所以刚才问小鱼是否知道他的下落。可惜的是，这条小鱼年纪尚小，对往事一无所知。"

听完他的解释，金融家半信半疑地将自己面前的大鱼送到了对面。

精华赏析

在这则寓言中作者开门见山地阐述了自己的观点，然后用一个案例证明这一观点，结构紧凑，说理性强。

延伸思考

1.你赞同这则寓言中的观点吗？为什么？

2.金融家和滑稽演员分别有什么特点？

白　鹭

名师导读

白鹭有很多机会抓到美味的鱼，可是当他饿得受不了时却一条鱼也没有抓到，只能吃一只小蜗牛。这是怎么回事呢？

一只白鹭沿河而行，他看着在河里穿梭的鲤鱼和梭鱼，却没什么胃口，甚至都不屑多看一眼。

过了一会儿，白鹭感觉肚子饿了，想要吃些鱼，但此时，水面上只有几只鲷鱼。[1]他看不上这些小鱼，自言自语道："这可不行，还不够我塞牙缝，我还不至于可怜到这个地步。"

[1] 语言描写　白鹭太挑剔，错失很多抓鱼的机会。

又过了一会儿，鲷鱼也游远了，水面上只剩更小的鲍鱼了。白鹭更不屑了："这种小鱼甚至不值得我张张嘴。"

就这样，白鹭在河边挑三拣四，直到一条鱼都看不见了。

已经快要饿晕的白鹭终于看到了一只蜗牛。这一次，他想都没想就把蜗牛吞进了肚子。

在生活中，我们不该太过挑肥拣瘦，懂得变通才是睿智的做法，眼高手低往往什么都得不到。

因为太过挑剔而错过很多抓鱼机会的白鹭，代表了那些眼高手低、最后一无所获的人。看完这则寓言我们懂得了把握时机作出正确判断和见好就收的道理。

延伸思考

1.你从白鹭的身上有没有看到自己的影子？请简要分析。

2.请对白鹭的性格进行分析。

3.你从这则寓言中学到了些什么？

狼和狐狸

狐狸在皓月当空的晚上找吃的，看到井中月亮的倒影，以为是奶酪，便不假思索地下到井中。当发现自己看错时，他该怎么出来呢？

某天夜晚，皎洁的圆月高挂在幽深的天空之上。

狐狸出门找吃的，却一无所获。就在他感到沮丧万分之时，竟在井底看到了一块奶酪！狐狸喜出望外，爬上了井架的绳索，钻进了吊桶里。狐狸在吊桶中左右晃动，终于顺着不断下降的绳索到达了井底。

读书笔记

可他离近了，才看清楚那根本不是什么奶酪，而是月亮的倒影！更让他感到丧气的是，他深陷井底，根本回不到地面上去。狐狸暗自思索："看来，只有等下一个错把月亮当奶酪的动物来，我才能得救了。"

令他感到意外的是，一连几天，都没有谁靠近这口井。就在他快要坚持不下去的时候，终于有一头饿狼走到了井边。[①]狐狸见状，大喊道："兄弟你好！这里有一块鲜美可口的奶酪！我请客分给你一半！怎么样？"狼朝下看了看，上了狐狸的当，于是也顺着吊桶到达了井底。

①语言描写 狐狸骗狼下到井里，表现出他的狡诈。

当狼进入井底之时，狐狸借助另一侧的吊桶回到了地面上，获得了自由。这下，轮到狼在井底一筹莫展了。

精华赏析

狐狸自己吃了一次亏还骗狼上当，表现出他的自私。我们身边可能也会有这种自私的人，但是只要我们不像狼这样贪心，就不会掉入陷阱。

延伸思考

1.狼为什么会上狐狸的当？
2.你如何评价狐狸的做法？
3.你在看完这则寓言后，受到了什么启发？

狐狸、猴子和其他动物

名师导读

狮王死后，猴子当上了国王，狐狸很不服气，跟猴子说了一句话就让猴子从王座上下来了。那么，狐狸到底对猴子说了一句什么话呢？

狮王驾崩，动物们认为应该找一个新国王，约定谁正好戴上王冠谁就是新国王，于是动物们纷纷去试戴王冠。遗憾的是，那顶王冠对动物们而言不是过大就是过小，没有任何一个动物正好戴上。[①]最后，猴子用王冠耍起了杂技，令其他动物目不暇接，于是他被推选为新国王。

①叙述

猴子凭杂耍当上了国王，注定长久不了，也为下文猴子被赶下国王宝座埋下伏笔。

即位当天，所有动物都臣服于猴子脚下，恭敬地称他为国王。对此，狐狸心里却不服气。他对猴子说道："尊敬的陛下，我这里有一样宝物，是一张藏宝图。我认为，应该把藏宝图上交给您才是正确的做法。"

猴子唯利是图，听狐狸这么说，立刻来了兴致，想要亲自寻宝，然后将宝物占为己有。谁知，他恰好中了狐狸的诡计。

"你这个样子还妄想当国王？根本没有做国王的自觉性！我看你应该先管好自己！"就这样，猴子遭到罢免，他的国王梦彻底破灭。看来，王冠并没有那么好戴，不是每个人都有资格的。

读书笔记

这则寓言用猴子凭借杂耍就当上了国王，讽刺当时君主德不配位，官员有眼无珠。通过这则寓言我们明白了，想身居高位，一定要有相应的能力。

延伸思考

1.简述狐狸是怎么将猴子从王位上赶下来的。

2.看完这则寓言后，你有什么感悟？

公鸡和珍珠

名师导读

公鸡用珍贵的珍珠换一些米粒，文盲用珍贵的手稿换一个银币，他们的交换很不值当，但是这样的事总在发生。

一只公鸡侥幸得到了一颗珍贵的珍珠，他拿着珍珠去和宝石商人做交易：[①]“这东西看起来非常珍贵，但我想用它换取一些米粒。”

一个文盲得到了一份珍贵的手稿，他拿着手稿去和书店老板做交易：“这东西应该很有价值，但我想用它来换一个银币。”

❶语言描写 对公鸡来说米粒可以饱腹，而珍珠对他来说毫无用处，因此再珍贵他也不稀罕。

精华赏析

珍贵的东西在不识货的人手上不能体现它的价值，同样的道理，有才能的人遇到识才惜才的人才能发挥出个人价值。

延伸思考

1.你对这则寓言中的公鸡和文盲有什么看法？
2.有人觉得公鸡和文盲傻，有人觉得他们单纯，你觉得呢？
3.你从这则寓言中明白了什么道理？

马和狼

饥饿的狼想吃掉马，便装作医生为马看病，想趁机扑倒马。可结果狼却被马踢了一脚，这是怎么回事呢？

寒冬终于过去了，饿了整整一个冬天的狼在初春时节外出觅食。

此时，有一匹马经过，狼便打起了马的主意。对付一匹马并不那么容易，[①]于是他想了一个主意，假惺惺上前说道：“您好，作为一名医生，义诊是我们的职责。请问您哪里不舒服？不管您有什么病，我都能治好。”

①语言描写　刻画出了狼的狡诈。

马回答说：“我的蹄子上长了一个疮，很不舒服。”

狼说：“好的，那我来给您看看。”说罢，他一头扑了过去。

马不明所以，抬起蹄子就踢了他一脚。狼疼痛不已，有苦说不出，只好灰溜溜地跑了。

狼没有扑倒马，反被马踢了一脚，只能干忍着。这则寓言告诉我们，不要动坏心思，小心报应降到自己头上。

延伸思考

1.请简述狼想出的主意。

2.这则寓言告诉了我们什么道理？

陶罐和铁罐

名师导读

两只铁罐邀请陶罐出行，并且保证会保护好陶罐，不让陶罐破碎。那么，铁罐打算怎么保护陶罐呢？铁罐能保护好陶罐吗？

两只铁罐准备出行，临行前，邀请一只陶罐同行。

陶罐说："我和你们不一样。你们的外壳是铁的，非常结实，所以走在路上不怕跌倒，但我是陶的，一击就碎，所以我不得不小心翼翼、如履薄冰。"

两只铁罐保证道："别怕，我们会保护你的。"陶罐终于答应了这个邀请，和铁罐们一起上路了。

在路上，两只铁罐为了保护陶罐，将他夹在了中间。[①]他们一路朝前走，却因为彼此间的相互碰撞，没一会儿就把陶罐碰得稀巴烂了。

①解释说明　交代陶罐破碎的原因是相互碰撞。

这个故事告诉我们，物以类聚，人以群分。我们应该和志同道合的人协作，否则，就会像那只陶罐一样，落得一个不幸的结局。

陶罐明知自己和铁罐不同类，却答应同行，以悲剧收场也就不意外了。这则简短的寓言告诉我们一个深刻的道理：不要勉强跟不同类的人在一起。

延伸思考

1.铁罐为什么没能保护好陶罐?
2.你从陶罐的结局中得到了什么教训?
3.你从这则寓言中收获了什么?

老鼠和黄鼠狼之间的战争

名师导读

老鼠在和黄鼠狼交战时节节败退，鼠小弟们钻进洞里保住了小命，但是鼠将军却被追来的黄鼠狼杀死了。这是怎么回事呢？

老鼠和黄鼠狼之间结仇已久。终于有一天，鼠王决定率先出手。他率领自己的鼠小弟们对黄鼠狼的巢穴展开了攻击，黄鼠狼们并没有示弱，奋起反抗。

双方交战激烈，战斗了很长时间，最终伤亡惨重。出兵的老鼠们个个奋不顾身、视死如归，但比起黄鼠狼，他们的损失更为惨重一些。无奈之下，老鼠们只能节节后退。鼠小弟们纷纷钻进了洞里，侥幸保住了自己的小命。鼠将军们却犯了难。[①]因为他们出兵时，都耀武扬威地戴上了钢盔，上面还插着鲜艳的羽毛，就因为这些羽毛，他们没办法钻进狭小的洞穴之中，最终被追赶而来的黄鼠狼一举剿灭。

①解释说明　交代鼠将军的死因。

有些人喜欢精心装扮自己，使自己光鲜亮丽地出现在别人面前，但这样无疑会耽误他上路的时间。身为小人物，应该为人低调，才能避免不必要的麻烦；而作为大人物，更应该谨言慎行、不露锋芒，否则会招来更大的麻烦。

精华赏析

美丽的外表要了鼠将军的命，由此可见光鲜的外表并不是在什么场合都适用。从这则寓言中我们明白了，当美好的东西成为累赘甚至会带来危险时，应该及时割爱。

延伸思考

1.鼠将军为什么没有钻进洞里？

2.你从鼠将军之死中学到了什么？

3.试分析老鼠战败的原因。

山鹑和公鸡

名师导读

一群公鸡为了得到母山鹑的青睐大打出手，甚至累及母山鹑，但是母山鹑并没有生气，反而怪起了人类。这是为什么呢？

一群公鸡对一只母山鹑大献殷勤，希望得到她的垂青。但这群公鸡举止粗鲁，没有任何教养，总是因为争风吃醋而大打出手，甚至会气急败坏地冲撞起母山鹑。

[1]母山鹑只能劝慰自己道："算了，不应该和这群公鸡一般见识，要怪只能怪人类，毕竟公鸡的所作所为都是跟人类学来的。"

❶语言描写 言外之意是人类喜欢争斗，且没有底线。

精华赏析

这则寓言借好斗的公鸡讽刺了那些粗鲁无礼的人。那些人常常为了一点小事大动干戈，甚至累及旁人，是非常惹人讨厌的。

延伸思考

1.母山鹑为什么说公鸡的粗鲁好斗是跟人类学的？

2.读完全篇后，你有什么感悟？

姑　娘

名师导读

姑娘为了嫁一个理想的对象，拒绝了很多优秀的青年，甚至对别人的爱慕嗤之以鼻。这样的姑娘能嫁个如意郎君吗？

有一个姑娘，高傲自负，希望自己能嫁给一个有钱有势、健康文雅、英俊睿智，同时又年轻又有活力的男人。事实上，有不少优秀的追求者倾慕于她，但每个人都不能兼具这些优点。

[1]姑娘对这些追求者嗤之以鼻，并讽刺道："瞧他们那模样，一个个惨兮兮的，还不自量力地来追求我，我只能对他们抱以同情。"她的傲慢令优秀的追求者无可奈何。这些人离去后，又来了一批各方面都十分普通的男人。姑娘鄙夷地挖苦道："能见上我一面已经是他们毕生的荣耀了，休想与我结婚！"普通的男人们也走了。

①语言描写　体现出姑娘的傲慢无礼和自负。

白驹过隙，很快，姑娘韶华逝去，不再年轻，再也没有人来提亲了。而她，也没了条件去要求别人，只能盼道："只要有人娶我，怎么都好。"最终，她开心地嫁给了一个粗人。

这则寓言中的姑娘本来可以嫁给优秀的年轻人，最后却因为自己的傲慢和挑剔只能嫁给一个粗人。这则寓言告诉我们，眼高手低且傲慢无礼的人到最后只配拥有别人挑剩的。

延伸思考

1.这则寓言中的姑娘是一个什么样的人？
2.姑娘在选择伴侣的过程中，对夫婿的要求有些什么变化？
3.姑娘最后嫁给粗人时为何会开心？

驴子和他的主人

名师导读

驴子总是对自己的工作不满意，命运女神为他换了好几个主人，他依然满腹牢骚。这到底是因为什么呢？

一头驴子在花园里工作，他的主人是一个园丁。驴子不断抱怨道："我的工作太辛苦了，每天我比鸡都起得早！"

听到了他的抱怨，命运女神重新为他安排，将他派到了一个皮匠家里。[①]可到了这里，驴子依旧不知足："这里还不如原来的地方！起码我以前可以在花园中偷吃些菜叶，可在这里，我真是一点好处都捞不着！"

①语言描写 驴子换了主人后发现以前的地方更好，表现出他不知足、爱抱怨的性格特征。

紧接着，驴子又在命运女神的眷顾下来到了一个煤炭商的家里。但和之前一样，驴子依旧没感到满意，他说："这里的工作让我感到疲倦，我想早一些进入梦乡。"

听到他的怨言，命运女神终于大发雷霆："蠢货！不要再喋喋不休地抱怨了！生活不可能凡事都如意，神也不可能毫无原则地迁就你，满足你的那些愚蠢的要求！"

寓言中这头驴爱抱怨的性格没有随环境而改变。这则寓言告诫人们要懂得知足，而且抱怨不能解决问题；若对自己的生活不满意，应通过劳动去改变它，而不是一味地抱怨。

延伸思考

1.命运女神为什么大发雷霆？

2.驴的工作真的很辛苦吗？

3.驴有哪些性格特征？

秃鹫和鸽子

名师导读

秃鹫们为了抢狗肉发生了非常激烈的争斗。他们互相残杀，场面非常惨烈。热爱和平的鸽子们想使争斗停止并调和，他们能够成功吗？

有一只狗死了，秃鹫们因为分抢狗肉发生了激烈的冲突。他们相互残杀，战况激烈，以至于各自身上乌黑的羽毛四处纷飞，场面惨不忍睹。

看到这一幕，向来追求和平的白鸽于心不忍，于是他们决定帮助秃鹫，使这场争斗停止，并且派出了代表进行调解。经过鸽子们的努力，秃鹫们终于停了手。

看起来，和平就在不远处。但当鸽子们转身要离去时，秃鹫忽然发疯一般冲向了那群鸽子，并将他们全部杀死并填进了肚子里。

①人们不应该忘记，朽木难雕，有些人已经病入膏肓，妄图跟他们和解是不会有好结果的。面对恶人，就应该永不妥协、战斗到底，否则天下永远不会太平。

读书笔记

①议论　在故事结束后发表意见，更具有说服力，也能引人深思。

精华赏析

鸽子妄图让凶残的秃鹫和平共处，结果搭上自己的性命，这样的做法得不偿失。这则寓言告诉我们，面对恶势力一定不能心慈手软，要与他们斗争到底。

延伸思考

1.你对鸽子同情秃鹫有什么看法？

2.有人认为鸽子的死应归结于泛滥的同情心，有的人认为应归结于鸽子的愚蠢。你怎么看呢？请简述理由。

狐狸和葡萄

名师导读

一只非常饥饿的狐狸看到熟透的葡萄后，没有尝过却说葡萄一点都不甜。那么，他为什么要这样说呢？

一只远道而来、饥肠辘辘的狐狸路过葡萄藤，葡萄已熟透，散发着紫红色的光泽。

狐狸垂涎三尺，可无论怎样都够不到葡萄。[①]最终，他怨愤地说道："这葡萄一点都不甜，很难吃！还是留给其他笨蛋吃吧！"这不就是所谓的"吃不到葡萄说葡萄酸"吗？

❶语言描写 狐狸吃不到葡萄说葡萄不甜，是典型的自欺欺人的表现。

精华赏析

狐狸够不着葡萄就说葡萄不甜、难吃，这则寓言通过狐狸的故事讽刺了那些不愿付出努力却说时机没有成熟的人。通过这则寓言，我们懂得了人如果不能正视失败，就会产生消极的心理暗示，以后做什么都成不了。

延伸思考

1.请分析狐狸的性格特点。

2.狐狸为什么说葡萄不甜？

3.你从这则寓言中受到了什么启发？

两头骡子

名师导读

有的人为自己干着看似光鲜亮丽的工作而扬扬得意，却不知危险正在逼近，就像下面这则寓言中驮着银子的骡子一样……

有两头骡子，各自驮着不同的东西在路上行走着。其中一头，背上扛满了燕麦，另一头则驮着不少银子。

驮银子的骡子颇为骄傲，认为自己非常有价值，于是他趾高气扬地前行，身上的铃铛也跟着发出叮当的响声。可悦耳的铃声很快就引来了强盗。强盗闻声而至，截住了驮着银子的骡子。

①骡子想逃，却因身上驮着过重的银子没能成功。他朝另一头骡子喊道：“不是要有难同当的吗？你怎么能自己开溜呢？”

另一头骡子边跑边说：“兄弟，塞翁失马，焉知非福。驮值钱的东西没什么可骄傲的，如果你低调一点，也不会落得如此下场。”

❶叙述 骡子被自己引以为傲的东西所累，充满了讽刺意味。

我们的价值和工作性质无关，就像故事中的两头骡子，都是驮东西的，本无高低贵贱之分，但是驮银子的骡子觉得自己高人一等，骄傲让他忘乎所以，最终落得一个悲惨的下场。

延伸思考

1. 如果驮着银子的骡子能低调一点，他的结局会有什么不同呢？

2.这两头骡子有什么共同点和不同点？

3.你从这则寓言中学到了什么？

两只鹦鹉、国王和王子

鹦鹉的儿子和王子本是很要好的玩伴，可是王子却下令处死了鹦鹉的儿子，他为什么要这么做呢？我们一起在故事中找答案吧！

鹦鹉和国王年纪相仿，相互尊重，是一对让人羡慕的老朋友。鹦鹉的儿子和王子也在差不多的时间出生，总是结伴玩耍。

某天，王子最为宠爱的麻雀和小鹦鹉之间爆发了冲突，导致了一场不可避免的斗争。小鹦鹉更为强壮，小麻雀完全不是他的对手，最终负伤，败下阵来。

读书笔记

王子大发雷霆，下令处死了小鹦鹉。得知噩耗的老鹦鹉心如刀绞，为了报复，伺机啄伤了王子的眼睛，让王子失明。报完仇的老鹦鹉展翅飞离了王宫，落在了一棵松树的枝头上。

国王跑到树下，对昔日的老朋友说道："朋友，不要在意，让我们摒弃前嫌，还像以前一样好吗？"

①老鹦鹉根本不相信国王的话，说道："别说了，我不可能回去。作为国王，你有权力处置任何仇敌。就算你所说是肺腑之言，就算我对此深信不疑，我还是认为自己留在这里是最好的办法。距离能够消除愤恚，也能让友谊回到原本的样子。"

①语言描写 老鹦鹉能够看清形势，表现出他的睿智。

精华赏析

小鹦鹉打伤王子宠爱的麻雀而被王子处死，说明了在王子的特权面前，鹦鹉与他的友谊不值一提。老鹦鹉拒绝跟国王走表现了他的清醒、明智，因为他啄瞎了王子的眼睛，爱子情深的国王是不会放过他的。

延伸思考

1.你觉得小鹦鹉该被处死吗？为什么？

2.老鹦鹉为什么不愿意回到国王身边？

3.你从这则寓言中收获了什么？

人和跳蚤

名师导读

那些经常为了一点小事抱怨的人,就跟下面这则寓言中被跳蚤咬的人一样愚蠢,不去想法解决问题,反而怪起上帝,活该受痛苦。

对于人类的麻烦事,上帝不胜其扰,因为即使是鸡毛蒜皮的小事,人类也要劳烦上帝帮忙解决。

❶语言描写 这个人被跳蚤咬了竟然抱怨命运不公,表现出他懒惰又爱推卸责任的特点。

譬如说,有一个人被跳蚤咬了,①他竟然不满地控诉道:"万神之王朱庇特,该死的跳蚤给我造成了痛苦,您怎么能忍受这样的事情发生呢?"

按照他的意思,莫非需要神打个霹雳来解决那只该死的跳蚤?

精华赏析

被跳蚤咬这件事是可以自己解决的,抱怨无济于事还让自己过得不快乐。从这则寓言中我们知道了:人们的不幸往往来源于自己的懒惰和不愿承担责任。

延伸思考

1.你认为被跳蚤咬时应该怎么做?

2.你看完这则寓言后有什么感想?

乌龟和两只鸭子

名师导读

两只鸭子为了帮乌龟圆环游世界的梦想，便带着她一起飞起来。可是环游世界之旅还没有完成，乌龟就从天上掉了下来，这是怎么回事呢？

乌龟的梦想是游遍全世界，但她的速度实在是太慢了，所以梦想被搁置。

[①]两只鸭子明白她的心意，提议道："不如让我们来帮你吧。咱们三个可以一起咬住一根棍子，这样，我们飞起来的时候，你也能遨游天空。但你务必要死死咬住棍子，不然会摔下去的。"乌龟认为这个主意非常棒，一口答应了。

①语言描写 鸭子提醒乌龟不要松口，为下文埋下伏笔。

于是，鸭子带着乌龟飞上了天空，乌龟终于实现了自己的梦想。他们在天空中飞翔，一帆风顺。但没过多少时日，地上的人发现了乌龟。

原来是有人用手指着天喊道："快看！那是什么？是乌龟女王吗？她一定是在巡视！"

听到这样的赞美，乌龟再也按捺不住自己激动的心情，张嘴正要说话，可她的话还没说出口，就从天上掉了下来，一命呜呼。

读书笔记

精华赏析

乌龟禁不住人们的赞美张嘴松开了棍子，显得又虚荣又愚蠢。这则寓言告诉我们做人应该谦虚，不能得意忘形。

延伸思考

1.乌龟为什么要松开嘴巴？

2.请分析乌龟的性格特征。

3.这则寓言教会了你什么？

鹰和喜鹊

人们常常喜欢用花言巧语来博得别人的欢喜，但是这种方法并不是对所有的人都奏效。就像下面这则寓言中的鹰王一样，我们来看看关于鹰王的故事吧！

一只喜鹊在天空中飞行，恰巧和鹰王飞了个面对面。①喜鹊立刻巴结道：“尊敬的陛下，我陪您聊天取乐如何？”很快，他口若悬河地说了起来，说完天文说地理，谈完政治聊军事，一张嘴说个不停。

①语言描写 刻画出喜鹊谄媚的形象。

终于，鹰王无法忍受，对他说：“你闭嘴吧，我讨厌爱扯闲话、说个不停的鸟类！”所以说，花言巧语并不一定会带来好处，反倒可能招致厌烦。

这则寓言描写了喜鹊取悦鹰王不成反被厌弃，告诉我们用花言巧语取悦别人，既显得自己低贱，又可能招致别人的鄙夷。

延伸思考

1.喜鹊想要取悦鹰王，鹰王为什么讨厌他？

2.你在自己身上有没有看到喜鹊的影子？请简要分析。

3.这则寓言对你有什么启发？

要求有个国王的青蛙

青蛙请朱庇特接连为青蛙王国安排了两个国王，但是他们都不满意。这两个国王是什么样的？青蛙为什么不满意？我们一起寻找答案吧！

青蛙贪得无厌，逐渐对民主制度感到厌烦，于是请万神之王朱庇特给他们委派一个仁慈的国王。

朱庇特指派一个大块头管理青蛙王国。最初，青蛙们十分忌惮，但过了些时日，他们发现这个大块头国王确实很仁慈。青蛙们放下戒备，纷纷跳到国王的身上追逐玩耍，即便如此，国王依旧一动不动。①青蛙又厌倦了，向朱庇特提出想要一个开朗活泼的国王。

①叙述　青蛙要国王的要求被满足后，又想换国王，表现出他们的贪婪和善变。

朱庇特听闻，派了只白鹤给他们。这下可坏了事！白鹤大开杀戒，结束了许多青蛙的生命。青蛙无法忍受这样的国王，再度抱怨起来。

这一次，朱庇特说道："当下你们最好的选择就是接受并臣服于这个国王，否则，下一个可能更糟糕。"

青蛙由于贪婪不得不臣服于残暴的国王，这则寓言告诉我们：好好把握当下才会拥有更美好的未来。

延伸思考

1.青蛙为什么想要一个国王?

2.朱庇特为什么要给青蛙换一个残暴的国王?

3.你从青蛙的故事中得到了什么教训?

森林与樵夫

名师导读

樵夫向森林乞求一根木头，用来做斧子的手柄，答应将来报答森林。森林答应了樵夫的请求，给了他一根木头。樵夫会怎样报答森林呢？

樵夫有一把斧子，可惜斧柄折断了。于是他对着森林祈祷："慷慨的森林啊，请恩赐给我一根木头吧！今日之恩，他日定当报答！"森林善良而心软，答应了他的要求。[1]樵夫用木头修好了斧子，却干起了砍伐树木、贩卖木材的买卖，每日都用自己的斧头砍向森林中的树木。可恨可叹！恩将仇报的人随处可见。

❶ **动作描写** 樵夫用森林的恩赐破坏森林，刻画了他忘恩负义、恩将仇报的特点。

精华赏析

这则寓言中的樵夫恩将仇报，用森林的恩赐破坏森林，揭露了那些见利忘义的小人的丑恶嘴脸，同时提醒人们在帮助别人的时候要看清对方的真面目。

延伸思考

1.请你对这则寓言中的樵夫进行评价。

2.有人觉得森林太傻，将木头给樵夫修斧子，树木被砍是自作自受，你觉得呢？

太阳和青蛙

名师导读

青蛙王国得益于太阳的照拂才日益昌盛，但是青蛙女王却要造反，还派人游说其他国家和他们一起造反。青蛙这样做能成功吗？

[1]在太阳的照拂下，青蛙王国日益昌盛。可他们非但没有感恩，反倒开始讨厌太阳的至高无上。于是，青蛙女王公开表示不想臣服于太阳，并派出使者前往其他国家进行游说，倡导所有动物共同反抗太阳。

❶叙述 写出青蛙王国的日益昌盛归功于太阳的照拂，太阳的无私与下文青蛙造反形成反差。

青蛙这般忘恩负义，不禁让人替他们担心起来。若再不停止，等太阳发起威来，他们定然会追悔莫及。

精华赏析

青蛙恩将仇报的行为是自取灭亡，没有一个乱臣贼子有好下场。这则寓言反映了当时的社会现状，警告那些怀有不臣之心的人不要犯上作乱。

延伸思考

1.请对青蛙的行为进行分析。
2.你在这则寓言中收获了什么？
3.如果你是其他国家的国王，愿意和青蛙共同对抗太阳吗？

鞋匠和金融家

名师导读

天上掉馅饼是一件多么令人欢喜的事情啊，可是鞋匠得到金融家白给的一百个金币后没高兴几天，又如数还给了金融家。这是为什么呢？

一个爱唱歌的鞋匠总是无忧无虑地生活着，但他的邻居却抱怨多多。

这位邻居是个金融家，极为富有，繁忙的工作使他终日难以入睡，鞋匠终日开心唱歌的样子更令他心里不舒服。①他不禁抱怨道："如果睡眠像其他商品一样能出售就好了！"他问鞋匠："你每年的收入是多少？"

①语言描写 金融家连睡眠都想买卖，全身充满了铜臭味。

鞋匠想了想，答道："我并没有仔细算过，我只知道自己不愁吃喝。"

"那日收入总知道吧？"

"这个不一定，有的时候多，有的时候少，逢年过节要歇业的时候，干脆就没有收入。"

金融家提议道："我给你一百个金币，让你享受一把有钱的滋味，但请闭上你的嘴别再唱歌了。"

面对这一大笔从天而降的财富，鞋匠喜出望外，答应了金融家的要求。

②叙述 拥有得越多就越容易患得患失，财富让鞋匠的生活变得很糟糕。

②可惜的是，不能唱歌的鞋匠感受不到丝毫乐趣，身怀财富更令他不安，总是担心会被小偷惦记，于是他也开始焦虑，夜夜失眠。终于，想通了的鞋匠将那一百个金币还给了金融家，并对他说："比起财富，能够快乐唱歌才是

更重要的。”

精华赏析

这则寓言借金融家和鞋匠对金钱的态度，讽刺了当时社会上的达官贵人浑身的铜臭味，赞美了普通百姓的淳朴。我们从这则寓言中明白了金钱和快乐并不成正比，拥有越多烦恼越多。

延伸思考

1.鞋匠为什么要退回一百个金币？

2.有人说鞋匠不思进取，你怎么看？

3.这则寓言对你的人生观有什么影响吗？

猴　子

猴子有妻子和孩子，本应承担起自己的责任，可是他的残忍让妻子悲愤地死去，他非但不思悔过还整日饮酒作乐。猴子为什么要这样毁掉自己的家呢？

在巴黎，一只猴子对待自己的妻子颇为残忍，最终，他的妻子无法忍受，留下几个年幼的孩子悲愤死去。

[①]对此，那只猴子非但没有后悔反倒欣喜若狂，并忙着去寻新欢了。自那以后，猴子每晚都喝得烂醉。

猴子的做法是跟有些人学的，他没想到的是，仿照别人的做法本身就不是一件值得宣扬的事。

①解释说明

猴子并没有因为妻子的死而有所改变，说明他冷漠无情到骨子里了。

这则寓言将当时有的法国男人比作故事中的猴子，他们不务正业，又对妻子冷酷无情，讽刺了他们的麻木和浑噩。

延伸思考

1.请评价这则寓言中的猴子。

2.你怎么理解“猴子的做法是跟有些人学的”这句话？

3.看完这则寓言，你有什么收获？

掉进井里的占星家

名师导读

有的人非常相信预言家、占星师、算命师等，如果他们看了下面这则寓言，或许会改变自己的想法。我们也一起来看看吧！

一个占星师失足落入了井中。人们发现之后，嘲讽道："自己的脚底都看不清，还敢说能看懂天上的星星？"

这个故事意味深长。许多人对命运深信不疑，痴迷于预测未来。确实，荷马史诗中涉及许多精准的预言，但那些不过是偶然。当下不少人却总认为自己所经历的一切都是命运决定的。

[1]渺小的人类的命运，怎可能是由星星决定的？宇宙万世永恒，人们的命运却变化莫测。所以说，占星师都是满口胡言的骗子！只有自己可以主宰自己的命运。占星师说出来的话，只会蛊惑人心、误导前程，是极为不可取且危险的。

❶反问　加强语气，增强说服力。

这则寓言以占星师掉进井里为引子，揭开了占星师骗人的面具，采用叙议结合的方式，阐明了人的命运由自己主宰的观点，劝诫人们不要迷信占星师。

延伸思考

1. 选出这则寓言中你觉得写得精彩的句子，并进行简单的赏析。

2. 你赞同这则寓言中的观点吗？

3. 结合这则寓言分析一下，为什么当今社会还有人相信算命？

兔子和青蛙

名师导读

兔子因为自己弱小而担惊受怕，却又不愿意变得勇敢。当看到一只青蛙后，他就觉得所有的动物都和他一样胆小，这是怎么回事呢？

某一天，兔子在自己家里自怜自艾起来："为什么我的命运这么坎坷？生而弱小，每一天都生活在担惊受怕之中。"

有人开解他说："也许你可以试试勇敢起来。"

[1]兔子不仅不领情，还讽刺道："你们人类不也一样懦弱？克服恐惧不是一件容易的事！"于是，这只兔子不听他人的劝告，为自己的胆小编织了一个美妙的理由。但凡出现一丁点儿动静，他就坐立难安。

❶语言描写　兔子听不进他人善意的建议，说明他不仅胆小，而且固执、不思进取。

不久，外面发出一声响动，兔子吓得拔腿就跑。经过池塘的时候，青蛙听到动静也一头钻进了水里。兔子见状，自我安慰道："原来还有害怕我的动物！看来所有动物都跟我一样胆小！"

精华赏析

兔子弱小且没见识，永远改不了胆小的本性。这则寓言讽刺了那些胆小、没有见识又故步自封的人。

延伸思考

1.兔子为什么不接受别人的开解?

2.这则寓言中的兔子有哪些缺点?

3.人们常把谨慎小心和胆小混淆,请举例说明。

学生、老师和花园的主人

名师导读

能言善辩是一种才能，但是用得不恰当就会适得其反，就像下面这则寓言中善于说教的老师一样。我们一起来看看吧！

一个学生品格顽劣，总是跑到花园中玩弄花草。园主发现自己的劳动果实被糟蹋了，痛心疾首。愤怒之下，他向学校老师告了状。

没一会儿，老师带着学生们前来，看到眼前一片狼藉，[①]老师对园主说道："万分抱歉，那学生少不更事，还请您不要再追究了。况且，在我看来这也能给其他人起到一个警醒的作用……"

❶语言描写 这位老师唠叨不停，是一个脱离实际的、只会不停说教的人。

这位老师旁征博引，口若悬河，说个没完。可是，就在他夸夸其谈的时候，孩子们又将花园狠狠折腾了一番。

精华赏析

这位老师解决问题没有抓住重点，废话连篇让事态变得更加严重，因此一味地说教并不能解决问题。这则寓言讽刺了喜欢长篇大论、脱离现实的人。

延伸思考

1.你觉得这则寓言中的老师的做法好吗？为什么？

2.如果你是这位老师，会怎么做？

一个人追逐命运和一个人等待命运

名师导读

两个同村的人有不同的想法，一个人想去外面碰好运气，一个人想守在家里睡大觉。他们按照自己的想法生活，谁会得到命运女神的眷顾呢？

有两个人住在同一个村子里。他们的生活水平大体一致，但感受却截然不同。

读书笔记

一个人总是无法满意自己拥有的生活。某一天，他提议道："不如我们结伴去外面闯世界吧！说不定有好运气等着我们。"

另一个人回答："不了，我对好运气不感兴趣，我还是觉得留在家里睡大觉比较开心。你自己去吧。"

于是，那个想要看看外面世界的人真的离开了村子。①他先是来到一个地方，一开始觉得那地方很好，但没几天他就厌倦了，认为那里不是他的归宿。就这样，他一次又一次地启程、停留、离开，越走越远。

①叙述 说明这个人看到的外面的世界没有想象中的好。

终于，当有人劝他回家的时候，他才明白自己的幸福就在自己的家乡，便踏上了返乡的路途。而当他回到家时，他看到命运女神不在别处，就在他那个朋友的家门口。

精华赏析

想外出碰运气的人最后还是觉得家乡才是自己的归宿。这则寓言告诉我们：有闯劲有想法固然是好事，但不能好高骛远、不知满足，否则会得不偿失。

延伸思考

1.你赞同哪个人的观点？请简要阐释。

2.你从这则寓言中学到了什么？

3.请找出这则寓言中你觉得写得最精彩的地方，并作简单分析。

牧羊人和羊群

名师导读

牧羊人教导羊群团结一致对抗狼，羊儿们听后大受鼓舞。那么，当狼真的来偷袭羊群时，羊儿们表现如何呢？

①语言描写 牧羊人的话很有道理，但是对象错了，没有考虑到羊怕狼的本性。

羊群中少了一只羊，牧羊人发现后，对其他羊斥责道：①“如果狼再来偷袭，你们不要害怕，更不应该逃跑，而是应该自救！自救的办法就是团结一致，只有这样，才能打败狼！”

听了牧羊人这番鼓舞人心的话，羊儿们为之一振，并表态一定用实际行动来保护自己、捍卫尊严，一定会跟恶狼拼个你死我活。

暮色来临，一头狼忽然出现在羊群中，羊儿们四处逃散，早已忘记了之前的决心。所以说，再怎么激励胆小怕事的士兵，也是徒劳无功的。

精华赏析

羊儿们知道团结对外的道理，但是做不到。这则寓言讽刺了胆小怕事的士兵，同时还告诉我们，大道理谁都明白，但不是每个人都能做到。

延伸思考

1.你怎么看牧羊人鼓励羊儿们的行为？
2.你看完这则寓言有什么心得体会？

猴子和猫

名师导读

猴子想吃主人的烤板栗，便怂恿猫去偷，整个过程都被女仆看在眼里。主人知道后，会惩罚猴子还是猫呢？

一只猴子和一只猫共同住在一户人家，他们都不怎么听话。主人烤板栗吃的时候，猴子眼馋，[①]暗地里怂恿猫："你不是特别擅长'火中取栗'吗？表演一个给我看看。"

❶ 语言描写 刻画出猴子狡猾、奸诈的形象。

猫勉为其难地将栗子从火里一个个取出来了。猴子二话不说吃光了板栗，甚为得意。他们的所作所为被女仆发现了，最终，主人惩罚了那只猫。

现实生活中也有类似的例子，有一些诸侯为了向国王表忠心，费尽心思却得不到赞赏。

精华赏析

猫为他人作嫁衣裳，不仅没有得到赞赏，而且还受到了惩罚。这则寓言讽刺了费尽心思得到赞扬的人，并提醒我们小心别人的激将法。

延伸思考

1.简述猴子怂恿猫偷板栗的方法。

2.你对猫的遭遇有什么看法?

3.你觉得主人惩罚猫的做法对吗?请简述理由。

财宝和两个人

穷光蛋对生活失去了希望，准备在一间破烂的房子里上吊自尽，这时他却意外得到一个包裹，于是就高兴地回家了。那么，包裹里面装的是什么东西呢？

有个穷光蛋觉得生活了无生趣，便走进了一间破破烂烂的屋子，准备了结自己的人生。当他刚把绳子系好准备上吊自杀时，房顶上一个包裹掉了下来。[1]穷光蛋打开包裹，发现里面竟全是金银财宝。他喜出望外，立刻恢复了生机，并拿着这份意外惊喜回家了。

❶ 动作、心理描写 表现出穷光蛋激动的心情。

过了一会儿，房子的主人回到家中，惊讶地发现自己辛苦赚来的钱不见了。这些钱是他长年舍不得花积攒下来的，因此他觉得万念俱灰。此刻他抬头看到了房顶的上吊绳，没多想就把脑袋伸了进去，终结了自己的性命。

最终，财宝和绳子都有了新归属，守财奴最终的下场往往如此。

金钱是一把双刃剑，救了穷光蛋的命，也害死了守财奴。这则寓言讽刺了那些吝啬、守财的人，也让我们明白了，金钱本身没有错，错在人们对待金钱的态度。

延伸思考

1.穷光蛋为什么不想死了？

2.请分析穷光蛋和守财奴的特点。

3.你从这则寓言中得到了什么启发？

永不知足

名师导读

神赐给麦子好收成，却派羊吃麦子，又派来狼吃羊，还派人惩罚狼。神为什么要这样做呢？我们来看看下面这则寓言是怎么说的吧。

[1]永不知足是这世上所有生灵都难以摒弃的恶习。神恩赐麦子好的收成，可麦子贪得无厌，不停生长，最终田地里密密麻麻，这样反而会影响最后的收成。

❶总领全文 开门见山地提出观点，可以很好地抓住读者的眼球。

神只好派出羊群吃掉多余的麦子，但羊群和麦子一样，不懂适可而止，竟然将麦田全部吃光了。

神又派狼群来消灭一部分羊，但狼群也犯了相同的毛病，最后一只羊都没剩下。

最后，神委派人类对狼做出责罚，而人类却对所有动物都下了毒手……

精华赏析

这则寓言开头表明观点，然后举例说明，这样说服力强，还能让文章结构紧凑。这则寓言批判了人类的贪婪、不知足。

延伸思考

1.神这样派遣的原因是什么？

2.你觉得神的安排好吗？为什么？

猴子和猎豹

猴子和猎豹在街上乞讨，人们对猎豹的皮毛毫无兴趣，但是对猴子的话很感兴趣。那么，猴子说了什么话呢？

猎豹和猴子皆沦为了乞丐，他们结伴沿街乞讨。猎豹对围观者说道："绅士们，请看看我漂亮锃亮的皮毛吧。"但人们对他完全不感兴趣。

[1]猴子跟猎豹不同，他说道："我有一个惊人的秘密要告诉大家：前主教的女婿很快就会造访这座城市，并进行演讲，献上精彩的节目。请各位给我一块钱，若我的话被证实为假，到时候我一定会将钱全部还给大家。"

❶ 语言描写 猴子抓住别人感兴趣的话题来吸引注意力，显示出了他很聪明。

猴子没有漂亮的外表，却吸引了许多人驻足捧场，因为他具有非凡的智慧。而许多领主就犯了那头猎豹的错误，外表光鲜亮丽，实则脑子里空无一物。

这则寓言把猎豹和猴子进行比较，讽刺了领主们的肤浅，劝导人们不要过于注重外表，把精力用在增加智慧上。

延伸思考

1.为什么猴子能够吸引别人的注意?

2.请对猴子和猎豹作简要评价。

3.你从这则寓言中受到了什么启发?

猪、山羊和绵羊

名师导读

人赶着马车去集市，马车上有猪、山羊和绵羊。山羊和绵羊很安静，猪却不停地号叫。那么猪为什么号叫呢？

一个人赶着一辆马车去赶集，车上还有一头猪、一只山羊和一只绵羊。前行路上，山羊和绵羊十分安静，但猪却不停地号叫，让人不得安宁。

赶车人忍无可忍，对猪说道："请学一学另两位绅士，闭上你的嘴！"

①猪反驳道："他们安静是因为他们一无所知，只有我知道，我们会在集市上被卖掉，然后成为人们的盘中餐。"

❶语言描写 猪知道赶车人带他们去集市的目的，表现了他的聪明。

猪说得不错，他确实眼光犀利、思维敏捷，然而大难已然降临，他的抱怨什么都改变不了，最聪明的办法就是别想那么多。

精华赏析

猪知道自己要死了，就痛苦地号叫，所以说有时候太聪明反倒会增加痛苦。这则寓言告诉我们，人有时候不能太聪明，该糊涂的时候就要糊涂。

延伸思考

山羊和绵羊为什么会很"绅士"？

隐居的老鼠

名师导读

一只对神很虔诚的老鼠，过着隐居生活。某天，他收到将要亡国的鼠群们的求助，这只虔诚的老鼠会怎么回复他们呢？

一只老鼠厌倦了无休止的争斗，于是选择隐居，一心向神。他把一块荷兰奶酪当作了自己的容身之处，身居其中不问世事。

某一天，其他老鼠派出一位代表，向这个神的追随者寻求帮助，希望他可以施以援手。因为鼠群遭到了猫的进攻，国将不国，可援军还在路上，来不及帮他们解决燃眉之急。

①虔诚的隐居老鼠闻言，说道："朋友们，我不问世事许多年，早已和这个世界撇清关系了。有关你们的困难，我无能为力，只能帮你们祷告，希望神会济困扶危。"说罢，他就送了客。

和这只毫无怜悯心的老鼠一样，许多无所作为的苦行僧也是这样的做派。

①语言描写

老鼠既然追随神，却不能像神一样济困扶危，表现出他的虚伪，也说明他所谓的信仰只是假信仰而已。

精华赏析

有的人信奉神，但是不能像神一样仁慈，他们只是伪信徒。这则寓言讽刺了这种伪善的人。

延伸思考

1.请对隐居老鼠作简要评价。

2.隐居老鼠真的跟世界撇清关系了吗？请说明你的理由。

3.你通过阅读这则寓言受到了什么启发？

小鱼和渔夫

名师导读

渔夫捕获了一条小鲤鱼，小鲤鱼为了让渔夫放过他，承诺等他长大了再让渔夫吃掉或卖掉。渔夫会答应小鲤鱼吗？

渔夫捕鱼，收获甚少，只抓到了一条小鲤鱼。他手提小鲤鱼喃喃自语道："起码今天的晚饭有着落了。"

就在他将小鲤鱼扔进鱼篓之时，小鲤鱼祈求道："求求你，放了我吧。您看，我实在是太瘦弱了，根本没多少肉。如果您能等我长大再来抓我，就能饱餐一顿了。或许，还能把我卖了赚上一小笔。"

[1]可渔夫对此无动于衷，他答道："你确实可怜，但我不会放了你的。毕竟，抓在手里的才是实在的，这可比未来的承诺可靠多了。"

读书笔记

❶语言描写　表现出渔夫务实的特点。

精华赏析

这则寓言告诉我们，做人要把握当下，不要把希望寄托在未来。同样的道理，遇到机会一定要抓住，切忌眼高手低。

延伸思考

1.渔夫为什么不相信小鲤鱼的承诺？

2.如果渔夫答应小鲤鱼的请求，还能抓到长大的小鲤鱼吗？

老头儿和他的孩子们

老人临终时把三个儿子叫到身旁，让他们折断一捆鱼叉。老人这么做的目的是什么呢？

一个老头儿临终前把自己的三个儿子叫到身边，说道："这里有一捆鱼叉，你们谁能把这捆鱼叉折断呢？"听闻此，三个儿子一个个地试了起来，但没有一个人可以做到。

老头儿又说："我可以。"三个儿子都以为父亲随口说说，可是父亲将鱼叉上的绳子解开后，轻而易举地折断了其中的一根。①老头儿说道："只有团结才能让你们的力量战无不胜。我马上就要死了，你们三个必须团结一致，要记住，'人心齐，泰山移。众人拾柴火焰高'。"说完，老头儿就过世了。他给自己的孩子们留了一笔丰厚的遗产。

①语言描写 老人告诉孩子们团结力量大的道理，体现出他的良苦用心和智慧。

几天之后，一个债主找上门来跟三兄弟打官司。三兄弟谨记自己父亲的话，齐心协力胜了这场官司。但他们很快就因为分家产而各持己见，无法同心，相互猜忌。此时债主再次上诉，三兄弟因为不团结而输掉了官司，也失去了原本到手的财产。

精华赏析

三个儿子能团结对外，但是不能和平分财产，表现出他们能共患难、不能共富贵的毛病。这则寓言告诉了我们团结合作的重要性。

延伸思考

1.三兄弟两次官司的结果如何？

2.你从这则寓言中学到什么？

3.如果老人没有给儿子留遗产，结果会如何呢？

狐狸和山羊

名师导读

狐狸生性狡诈，他和山羊在井底喝饱水后都上不去。山羊先帮助狐狸爬出井，但是狐狸会遵守承诺拉井下的山羊上来吗？

狐狸和山羊结伴赶路，途中，疲惫不堪的他们感到口渴，于是跳进一口井饮水。可喝够了水，他们却为如何爬出去犯了难。

狐狸说："看来爬出去是个难题。不如这样，你用前蹄支撑住自己的身体，扒在井壁上，我踩着你的肩膀爬上去，然后再用力把你拖出去，你看如何？"

①山羊赞同道："这真是一个好主意，咱们就这么办吧！"

很快，狐狸踩着山羊的肩膀爬出了水井，可轮到他搭救山羊时，他却说道："我要继续赶路了，你自己想办法看怎么爬出来吧。"说罢，他掉头就走了。

①语言描写 山羊轻易相信了狐狸的话，表现出他大意的特点。

精华赏析

山羊救了狐狸，狐狸却丢下他不管。这则寓言提醒我们小心过河拆桥的小人，不要与这样的人为伍，否则后患无穷。

延伸思考

1.评价一下这则寓言中的狐狸。

2.如果先上去的是山羊,你觉得他会拉狐狸出来吗?请说明理由。

3.你从山羊的经历中得到了什么教训?

公鸡、猫和小老鼠

名师导读

小老鼠探险归来跟母亲介绍了遇到的两只动物，一个动物让他害怕，一个动物让他觉得和蔼。他们分别是什么动物呢？

❶外貌描写 抓住了猫和公鸡的外貌特征，让人一看就明白是什么动物。

小老鼠探险归来，跟自己的母亲讲起了路途中的见闻：[①]“在山那边我见到了两只动物，其中一个头顶鲜红的肉冠，屁股后面长了鲜艳的花翎，他不停地振臂高呼，令我感到十分害怕。相反，他身旁的那只动物样貌温顺，浑身毛茸茸的，有斑纹、长尾巴，举止斯文，目光炯炯有神，看起来和善可亲。”

鼠妈妈说道：“傻孩子，你害怕的那个动物是公鸡，他虽然看起来可怕，但对我们没什么威胁；而另一只则是猫，别看他表面和善，却是我们最大的敌人。”

所以，任何时候我们皆不应该以貌取人。

精华赏析

鼠妈妈的话告诉我们不要被表面现象欺骗，应时刻保持警惕。通过这则寓言我们知道了，温顺和蔼的小人比凶神恶煞的恶人更难应付。

延伸思考

1.小老鼠为什么被猫和公鸡的外表迷惑了？

2.你在这则寓言中悟出了什么道理？

牛、山羊、绵羊和狮子交友

名师导读

山羊和朋友们约定要同甘共苦，所以当她捕到一只鹿时，就拿出来和朋友们一起分享，可是鹿却全部被好朋友狮子吃了，这是怎么回事呢？

一头牛、一只绵羊和一只山羊是情感深厚的三姐妹。某天，她们和一头狮子结义为兄妹，并起誓要同甘共苦。

一只鹿不幸落入山羊家的陷阱，成为她的盘中餐。山羊记挂着自己的誓言，将美食送给了自己的兄弟姐妹们。

狮子盯着鹿肉，数着指头说道："咱们应该把肉分成四份。"①说着，他就动手分了四块肉，并拿起最肥美的那一块说道："身为一头狮子，当然应该是我先吃。"大家对这个决定表示默许。可紧接着，他又说："接下来这一块，也归我，因为我最健硕。第三块，还是我的，因为我最骁勇善战。那么最后一块呢？如果有谁敢跟我争，就别怪我把她也变成嘴里的肉！"

①动作、语言描写 狮子毫不客气地先吃，体现出他的霸道。

山羊邀请狮子共享美食，差点连命都搭上。这则寓言告诉我们无底线地对恶人让步会让他们得寸进尺，并且永远不要和恶人交朋友，小心引狼入室。

延伸思考

1.狮子为何能轻而易举地吃掉整只鹿？
2.你从这则寓言中悟出了什么交友心得？
3.你怎么看山羊三姐妹和狮子交朋友这件事？

变成女人的母猫

名师导读

男人爱上了一只母猫不能自拔，便向老天乞求让这只猫变成女人。后来猫果然变成了女人，就连行为举止都跟女人一模一样……

有一只母猫，外表妩媚，声音悦耳，她的男主人竟然对她产生了感情，无法自拔。

某天，男主人向老天祈祷，希望可以把这只母猫变成女人。几天之后，他惊奇地发现这只猫竟然真的成了人形。男主人欣喜若狂，很快便和这个女人结了婚，两个人的生活甜蜜又快乐。①而这个由猫变的女人，举止也和真的人一模一样，完全找不到猫的影子。

❶叙述

猫变成人后，她的外貌举止可以和人类一模一样，那么她的天性呢？

可是，好景不长。某天夜里，他们的家里出现了几只老鼠。女人从梦中醒来，看到老鼠后，她隐藏的天性得到激发，轻而易举抓到了所有老鼠。由此可见，本性是根深蒂固的，很难改变。

猫就算变成了人，都改不了抓老鼠的天性。这则寓言告诉我们“江山易改，本性难移”的道理，所以不要浪费精力去改变一个人的本性。

延伸思考

1.这则寓言开头写男人爱上猫有什么作用?

2.猫变成了人,为什么还要去抓老鼠?

3.看完这则寓言,你有什么感想?

蜘蛛和燕子

名师导读

燕子捕捉昆虫是为了生存，蜘蛛却认为燕子抢了他的饭碗，还到朱庇特面前告状，结果会怎样呢？

[1]蜘蛛找到了万神之王朱庇特，喋喋不休地抱怨了起来："万能的神啊！我有捕捉昆虫的本领，本可以衣食无忧，但燕子却半路杀出来抢了原本属于我的食物。他们的幼鸟更是可恶，得寸进尺，导致我终日饥肠辘辘、瘦骨嶙峋。我空有一身本领，却像是多余的！"他没想到的是他刚埋怨完，就被燕子叼走了。

优胜劣汰、适者生存就是大自然中的生存法则。

❶语言描写

蜘蛛一味地抱怨，还不如利用这个时间好好织网多捕昆虫。他可真是一只又懒惰又喜欢怨天尤人的蜘蛛！

精华赏析

蜘蛛死在自己的埋怨声中，告诉人们与其把时间花费在抱怨命运不公上，还不如抓紧时间解决问题。既然大自然定下优胜劣汰的法则，那么我们就应该努力让自己变得强大。

延伸思考

1.蜘蛛为何抱怨？

2.蜘蛛喋喋不休时，燕子在做什么？

3.你觉得蜘蛛死得冤枉吗？为什么？

母狮和母熊

名师导读

母狮捕杀小动物觉得理所应当，猎人杀死小狮子，母狮却觉得不公平。你们怎么看？我们来看看下面这则寓言吧。

一只母狮子的孩子被猎人杀死了，母狮子悲痛欲绝，每个晚上都在森林中号哭，其他动物们不胜其扰。

终于，母熊来到了母狮子的面前，对她说："别再想那些不开心的事了。我们以前也吃掉过许多动物，那些动物也是其他动物的孩子。所以你现在所受的痛苦，其他母亲也都遭受过，但她们都可以冷静对待、保持沉默，你为何如此痛苦呢？"

[1]母狮子回答说："因为实在是太不公平了！"

❶语言描写　突出了母狮愤愤不平的心理，可是，她捕杀其他小动物时，她又何尝考虑过公不公平呢？

这样的话是不是很耳熟？有许多人也抱有这种观点。但仔细想想，并没有那么不公平，我们虽然不是最幸运的，但也不是最悲惨的。

这则寓言从失去孩子的母狮角度讨论公平，告诉人们看待问题的角度和立场不同，得出的结论就可能迥异。

延伸思考

1.母狮怎么看待猎人杀死她的孩子？
2.你赞同母熊的话吗？请简要分析。
3.这则寓言告诉了我们一些什么道理？

医　生

名师导读

悲观医生和乐观医生为同一个病人诊断，病人听了悲观医生的话后死了。两位医生为此争论不休，都觉得自己的医术更高明……

有一个医生总是过于乐观，对每个病人都说“非常好”；另一个医生却总是非常悲观，习惯对每个病人说“糟糕透顶了”。他们为同一个病人诊治，得出了大相径庭的两个结果。

乐观的医生对病人说：“你的病完全没什么大碍，过不了多久你就会好起来的。”而悲观的医生对病人说：“你已经病入膏肓，时日无多了。”

[1]最终，病人相信了悲观医生的结论，十分消沉，觉得治疗也没用，不久便真的死了。两个医生都觉得自己的诊断是对的。悲观医生说：“看，病人死了，这证明我的结论是对的。”而乐观医生则说：“不，如果他听了我的话，如今他一定还好好地活着。”

❶叙述

病人消极对待病情，不去治疗，导致了他的死亡。

精华赏析

病人相信自己病入膏肓、时日无多，于是消极对待、放弃治疗，结果耽误病情，害自己丢掉了性命。这则寓言告诉我们心态的重要性，有时心态甚至可以决定事态发展的方向。

延伸思考

1.病人听了乐观医生的话一定会活下来吗？为什么？

2.过于乐观和过于悲观，你觉得哪个好一些？请说明原因。

3.看完这则寓言后，你有什么感想？

猫和两只麻雀

名师导读

猫和麻雀是很要好的朋友，猫不仅总是让着麻雀，还帮麻雀打败了另外一只麻雀。可是后来猫却吃了好朋友麻雀，他为什么要这么做呢？

❶叙述

交代猫和麻雀平日里的交往，展示出他们和谐的生活状态。

一只猫和一只麻雀比邻而居，逐渐成了朋友。[①]平日里，他们也有相互追逐打闹的时候，猫总是贴心地让着麻雀。

某一天，有客造访，另一只麻雀来和这只麻雀闲聊，哪知，他们说着说着竟然争执了起来，并大打出手。

猫自然不能袖手旁观，果断出手帮助了自己的朋友，一把抓过那只前来串门的麻雀，吞进了肚子里。美味唇齿留香，他本性暴露，趁机把自己的朋友也吃进了肚里。

精华赏析

这则寓言以猫忍不住美食诱惑吃了好朋友麻雀的故事，告诉我们天敌不能成为朋友的道理。另外，从这则寓言中我们还懂得了，生物很难真正改变或压制自己的本性。

延伸思考

1.猫以前为什么没有吃掉麻雀？

2.读完这则寓言，你觉得应该如何选择朋友？

商人、绅士、牧师和王子

名师导读

劫后余生的商人、绅士、牧师和王子坐在一起讨论怎样生存下去，他们各自有什么生存之道呢？我们来看看下面这则寓言吧。

一群欧洲的探险家结伴走上了海滩，他们分别是一个商人、一位绅士、一名牧师和一个王子。四个人劫后余生，刚经历了一场海难，脱险幸存了下来。

此刻，一无所有的他们围坐在一起。商人和绅士诉说着自己过往辉煌的经历，王子则伤感地慨叹着命运。

看到此番景象，牧师提议："让我们忘记苦难吧！毕竟生存才是我们当下最重要的事情。"[1]其他人同意牧师的话，商人表态说道："我会教书，可以以此为生。"王子说："我精通政治，可以育人。"绅士紧接着说道："我文学很好，也可以加入。"

> [1] **语言描写** 说明他们的生存法则脱离实际，都是空谈。

牧师见状，无可奈何道："大家的想法很美好，但解决不了任何问题。请问今晚我们能用什么当晚餐？当下我们应该用自己的双手生活下去！"牧师说完就转身进了森林，他计划拾一些柴火拿出去卖。

由此可见，危难关头，审时度势，行动起来是最宝贵、最可靠的。

精华赏析

商人、王子和绅士分别代表着金钱、地位和名誉，可是这些东西在危难面前不值一文。这则寓言讽刺了那些喜欢脱离实际、只知空谈的人。

延伸思考

1.商人、绅士和王子分别想出了什么生存办法？

2.这则寓言中人物设置有何妙处？

3.看完这则寓言后你受到了什么启发？

兔子和鹧鸪

名师导读

骄傲是一种毛病，必须得改，否则会跟下面这只鹧鸪一样，落得个悲惨的结局。下面，我们来看看这只鹧鸪的故事。

兔子和鹧鸪是一对邻居。某天，猎人带着猎犬追捕猎物，兔子百般逃窜反抗，还是难逃厄运，被猎犬捉住了。

此刻，鹧鸪恰巧在空中盘旋，[1]他冷言冷语讥讽道："虽然兔子长了四条腿，可那又怎样呢？最终还不是跑不过猎犬，只能迎接悲惨死去的命运。"

正在他得意之时，猎犬朝空中扑了过来，一口咬住了鹧鸪的身体，终结了他的生命。

所以说，长着翅膀又有什么可骄傲的呢？如果飞得不够高，下场和兔子一样。

❶ **语言描写** 鹧鸪非但不同情兔子，反而冷嘲热讽，表现出他的冷漠和自大。

精华赏析

鹧鸪冷漠骄傲且掉以轻心，被猎狗杀死。这则寓言告诫人们要虚心，不可得意忘形。从这则寓言中，我们还懂得了冷言嘲笑别人的不幸是不道德的。

延伸思考

1.鹧鸪为什么会被猎狗抓住？

2.请对鹧鸪作简要评价。

狼和羊

名师导读

狼和羊经过千年激战后，终于决定休战了，他们相互交换了人质：狼崽养在羊群中，牧羊犬养在狼群中。他们的和平会长久吗？

狼和羊是世仇，相互敌对、战斗了上千年。此时狼提出休战，并发表了和解宣言：他们再也不会对羊下手，只希望牧羊人不再那么仇恨他们。

狼还提出可以交换人质。狼把自己的后代给了羊；相应地，羊也把牧羊犬交给了狼。可惜，和平的日子昙花一现。没过多久，狼的幼崽都长成了大狼，拥有锋利的牙齿和爪子。[①]他们趁牧羊人不备，袭击了羊群，导致羊群伤亡惨重。不仅如此，这些狼还通知了狼群，致使被交换到狼群的牧羊犬也受到了攻击，全部死亡。

①叙述　介绍狼袭击羊的过程，揭露了狼提出的所谓“和平”的虚假性。

由此可见，和平并非唾手可得，面对会出尔反尔的敌人，永不懈怠、战斗到底才是唯一的办法。

精华赏析

羊轻信敌人的话，落得全军覆没的悲惨结局。这则寓言告诉我们，面对凶恶的敌人不能有丝毫懈怠。另外，温柔的陷阱会让我们失去战斗力。

延伸思考

1.你怎么看狼提出来的交换人质的要求?
2.你觉得羊群的遭遇值得同情吗?为什么?
3.这则寓言让你明白了什么道理?

农夫和蛇

名师导读

助人为乐是一种美好的品质，但是社会上总有一些人得到帮助后反咬一口，那我们到底要不要帮助别人呢？下面的寓言会告诉你答案。

时值隆冬，农夫在漫天大雪之中发现了一条毒蛇，这条毒蛇已经快死了，命悬一线。农夫起了善心，于是将毒蛇带回了家中，并把他放在暖和的炉子旁边，希望他能好受些。

①不知过了多久，毒蛇终于恢复了生气，从昏迷之中醒了过来。面对自己的救命恩人，他会怎么做呢？这条毒蛇猛然回头咬了农夫一口。农夫中了毒，命不久矣，在死之前，他奋力拿起斧头，朝毒蛇狠狠地劈了下去。

所以说，做好事是值得提倡的，但一定要看清对象是谁。

①设问 引起读者思考，自然引出下文。

精华赏析

这则寓言讲述了农夫救了毒蛇却被咬死的故事，告诉我们助人为乐应分清对象，对邪恶展示善良是自取其祸。

延伸思考

1.蛇为什么咬死自己的救命恩人？

2.请对农夫作简要评价。

猴子和海豚

名师导读

海豚从水中救出了一只猴子，猴子说他出身名门望族，但是海豚问了猴子一个问题后知道了他在撒谎。海豚问了猴子一个什么问题呢？

一条大船驶离雅典，不幸刚离开港口就沉没了。

闻讯赶来的海豚竭尽全力救援人类，慌乱之中救了一只猴子。把猴子送到岸边的时候，海豚问道：“您在雅典赫赫有名吗？”

猴子贪慕虚荣，便答道：“当然！我声名显赫。今后若你有求于我，尽管来找我，我一定帮忙，毕竟我的家族在雅典可算是望族。”

海豚谢道：“谢谢您。那您知道‘皮雷’吗？”

①海豚说的是港口的名字，但猴子不知道，误以为是人名，于是说：“那是自然，我和皮雷可是老朋友了。”

听到这番话，海豚对真相了然于心。他礼貌地笑了笑，重新潜入水下，去救援其他人了。

读书笔记

①解释、语言描写
猴子为了显示自己如何有名，不料露出了马脚。

猴子第一次说假话骗过了海豚，第二次就露馅儿了，说明谎话说多了会不攻自破的道理。从这则寓言，我们明白了和谎话连篇的人交往，是在浪费时间。

延伸思考

1.海豚为什么不戳穿猴子的谎言?

2.海豚身上有哪些高贵的品质?

3.你从这则寓言中明白了哪些做人的道理?

蛇和锉刀

有些人喜欢用语言和行为攻击别人，对自己无益又得罪人。就拿这则寓言中的蛇来说，他吃了一把对自己无益的锉刀，结果……

一条蛇感到很饿，四处觅食，最终钻进了一个钟表店。①可在店里，他什么也没发现，除了一把锉刀。饥不择食的蛇一口就把锉刀吞进了肚子。

① 动作描写　表现了蛇的心急和盲目。

锉刀叹道："你这是做什么？实在是愚昧无知！你吞下我，我会把你的牙齿磨平的！"但为时已晚。

有不少人类也和这条蛇类似，他们没什么优点，却喜欢到处攻击人。不要以为长了一张伶俐的嘴就能为所欲为，他们应该为自己的行为承担后果。

精华赏析

这则寓言把那些仗着自己的优势攻击别人的人比作蛇，警告他们会得到和蛇一样的下场。这则寓言告诫人们：要学会控制自己的欲望，否则会自食恶果。

延伸思考

1.蛇为什么要吞掉锉刀？

2.蛇的经历让你明白了什么道理？

总督和商人

名师导读

总督向商人要保护费，商人犹豫了，想选择更省钱的小官。总督给商人讲了一个故事后，商人又改变了自己的主意。那是个什么故事呢？

一个希腊商人想要在土耳其经商。他到达的时候，当地总督要求他出一笔钱作保护费。

此时，他的府邸迎来了三个土耳其小官，这几个土耳其小官保证自己也能为他行方便，而且价格优惠。[1]经过对比，商人更想跟这三个小官合作。

❶心理描写 表现了商人唯利是图的特点。

没多久，总督听说了这件事，便登门拜访商人，并说道："朋友，我听到了一些消息。你不如听我讲个寓言吧。有一个牧羊人养了一条大狗来守护他的羊群。有人提议说：'你这只狗实在是庞大，吃得也很多，还不如用他换三只小狗，这样既帮你省下粮食，也能帮你看护羊群。'牧羊人认为这是个好主意，便照做了。这三只小狗确实食量不大，可惜的是，当恶狼来到羊群伺机作乱时，三只小狗不仅没有守护羊群，而且一个比一个跑得快。"

读书笔记

听完这个寓言，商人改变了原来的主意。

面对国家和地方诸侯，这个道理也行得通。与其依靠势单力薄的几个诸侯，还不如去投靠更有实力的国王。

精华赏析

总督用一个寓言改变了商人的决定,可见寓言的魅力之大。通过这则寓言,我们明白了要慎重选择合作对象、把钱花在刀刃上的道理,不要为了眼前一时的利益而因小失大。

延伸思考

1.总督寓言中的大狗和三只小狗分别代表什么?

2.请对总督和商人作简要评价。

3.你从这则寓言中读出了什么道理?

老鼠和牡蛎

牡蛎是人们餐桌上的美食，只有被吃的分儿。但是，当一只老鼠遇到牡蛎时，竟然被牡蛎杀死了。这是怎么回事呢？

读书笔记

一只老鼠想要离开自己的家乡，去外面闯世界。

他风尘仆仆、风餐露宿，终于到了一个地方。那里有一个水塘，里面生活着成群的牡蛎。老鼠从没见过牡蛎，以为这是远洋舰队。他兴高采烈欢呼道："我见到大海了！这是我的父辈们从没能到达的海上世界！"

①正在他高兴的时候，一个特立独行的牡蛎打开了自己的壳，老鼠看到其中丰盈白嫩的肉，认为那一定很美味，马上扑了过去。

①动作描写　表现出老鼠的贪婪和坏心眼。

牡蛎感受到了危险，即刻合上了壳，并钻进水中。可怜的老鼠被卡住了脖子，跟着掉进了水里，丢掉了自己的生命。

这说明面对未知世界，不应该少见多怪；其次，也不该怀有歹意，否则很可能会搬起石头砸自己的脚。

精华赏析

这则寓言通过写老鼠想吃牡蛎却不小心被牡蛎弄死了的故事，告诉我们坏人必将得到恶报，贪婪的人必将得到应有的惩罚。

延伸思考

1.老鼠是怎么死的?
2.请对老鼠作简单评价。
3.你从这则寓言中学到了什么?

兔子的耳朵

名师导读

狮王被有犄角的动物弄伤了，要赶走所有长犄角的动物，兔子却跟着担忧起来。兔子又没有犄角，为什么要担忧呢？

狮王不小心受了伤，他是被一只长了犄角的动物所伤的。狮王震怒，气急败坏下令道："所有长了犄角的动物必须离开本王的领地！"于是，鹿、牛、羊等动物只能背井离乡。

对此，兔子感到很忧虑，[1]他对蟋蟀说："看来我也要离开这片土地了，因为我的长耳朵会被他们当成犄角的。"

①语言描写 写出了兔子的无奈，揭露了小动物艰难度日的状态。

蟋蟀对此颇为不解："但这是你的耳朵，不是犄角呀！"

兔子答道："其他动物不会相信的，如果我辩解，他们只会认为我是个疯子。"

精华赏析

兔子没有犄角，但是他的耳朵像犄角，会惹得狮王大怒。这则寓言揭示了当时法国普通百姓战战兢兢的生活状态，揭露了当政者为了自己的利益而伤及无辜的丑陋嘴脸。

延伸思考

1.狮王为什么要赶走长犄角的动物？

2.兔子在担心什么？

狮子和驴子一起打猎

名师导读

驴子大吼一声吓跑了动物们，帮助狮子捕到了很多的猎物，驴子便向狮子邀功，却被狮子讽刺了一番。这是为什么呢？

狮王率领众手下前去打猎，驴子因为声音洪亮，被派去做号手。狮子叮嘱驴子，一定要用全力大喊，这样一来，小动物听到就会火速朝家里跑，狮子好施展身手捕捉猎物。

驴子大吼一声，吓得动物们四散奔逃。狮子硕果累累，捉到不少猎物。驴子见状，问道："我的功劳最大，对不对？"

①面对驴子的邀功，狮子觉得很可笑，挖苦道："那是自然，你的叫声令我都胆战心惊呢！"驴子知道说错了话，心中不忿，却不敢再说半句。

❶叙述、语言描写　表现出驴子的自大和狮子的霸道。

精华赏析

这则寓言通过写驴子帮助狮子捕到很多猎物，却因出言不当惹得狮子不高兴，讽刺了居功自傲的人，也讽刺了爱抢下属功劳的上司。

延伸思考

1.驴子说错了什么话？

2.狮子为什么要挖苦驴子？

主人的眼睛

名师导读

鹿躲进牛棚后成功躲过了喂牛的人，可是他却没有躲过牛棚主人的眼睛，最后以悲剧收场。那么，主人是怎么发现牛棚里面的鹿的？

一头鹿遭到了追捕，走投无路之时躲进了一间牛棚。牛善心大发，不仅收留了鹿还替他隐瞒此事。

到了傍晚，喂牛的人给牛送来了晚餐，他们并没发现牛棚里多了一头鹿。

❶语言描写 说明牛对主人非常了解。

[1]就在鹿认为自己幸免于难的时候，牛却提醒道："先别放松警惕，主人还要再来巡视。"话音刚落，主人就进来了，并很快发现了鹿。主人叫来几个人一起将鹿打死，并将他变成了餐桌上的美味。

诗人费德曾说过："只有主人的双眸才能洞悉一切。"在我看来，情人的眼睛亦如是。

精华赏析

主人可以发现别人发现不了的，泛指身居高位的人能够掌握一切。这则寓言让我们明白：暗地里做的事，总有暴露的一天。

延伸思考

1.主人和喂牛人有什么不同？
2.请对主人和喂牛人进行评价。

狼和猎人

猎人捕猎时所向披靡，一连射杀了好几头猎物，按理说可以满载而归了，可他最后却死在了猎物的手上。到底发生了什么事情？

猎人带着自己的弓箭去山间狩猎。他先是碰见了一头公鹿，便不假思索地拿出弓箭，射杀了那头公鹿。此时，一头小鹿又蹿了出来，猎人依旧动作迅速地结束了这头鹿仔的生命。

①没过多久，猎人又看到了一头野猪，他对肥美的野猪垂涎三尺，不遗余力一举将野猪拿下。至此，猎人大获全胜，收获颇丰。

❶ 动作描写　表现出猎人极度贪婪的特点。

可此时的他已经杀红了眼，想要再度猎杀的欲望刺激着他的神经。就在此时，天空中飞过一只山鹑，猎人举起弓箭，对准山鹑准备将山鹑一击致命。他没想到的是，野猪并没有真正死去，此刻一息尚存的野猪奋力朝猎人冲了过来，直接将猎人撞死了，而野猪也再没能撑下去。

一头狼从这个地方经过的时候，喜出望外："老天果真待我不薄，竟一下子送给我四具尸体，这可够我吃上好一阵子了。"②面对众多美食，狼流连忘返，最终决定先去吃弓箭上用羊肠做的弦。狼一头扑了过去，却不慎被箭尖戳穿了心脏，当场毙命。

❷ 心理、动作描写　写出狼吝啬的特点和下场。

猎人因为贪得无厌而丧命，狼却因为小气悭吝而命丧黄泉。

精华赏析

猎人已经有很多猎物，还要继续猎杀，是一个贪婪的人。狼舍不得吃肉，先吃弓弦，吝啬到了极致。这则寓言告诉我们，贪婪和吝啬的人最终什么都得不到，还可能为此付出惨重的代价。

延伸思考

1.请对猎人和狼作简单评价。

2.你从猎人和狼的身上分别得到了什么教训？

3.看完这则寓言后你有什么感悟？

神谕和狂妄之人

名师导读

有个狂妄之人拿着麻雀让太阳之神猜是死是活。如果太阳神说死了，他就把麻雀放生；如果太阳神说是活的，他就捏死麻雀。太阳神会怎么回答呢？

神是万能的，所以我们不该心存不敬去挑衅他。一个狂妄之人假装成神的虔诚追随者，走进了阿波罗的神庙。阿波罗是太阳之神，照亮世间、消解灾难。

这个狂妄的家伙对阿波罗说："神啊，请告诉我，我手上的麻雀是生还是死？"① 他早就打好了如意算盘：如果阿波罗断言麻雀已经死了，他就伸开手掌将麻雀放了，给他一条生路；如果阿波罗断定麻雀还活着，他就毫不留情地掐死麻雀。

❶ 心理描写……表现出这个人的狂妄、残忍。

可他不知道，他的伎俩早就被阿波罗看透了。阿波罗说："可笑，雕虫小技而已！你难道会以为我不知道你在想些什么吗？"

精华赏析

狂妄之人想凭自己的小聪明挑衅神，结果反被嘲笑。这则寓言讽刺了自不量力的小人，同时告诉我们不要在人前耍小聪明。

延伸思考

1. 狂妄之人是怎样挑衅阿波罗的？
2. 狂妄之人是一个什么样的人？
3. 通过这则寓言，你明白了什么道理？

老鼠同盟

名师导读

小老鼠和其他的老鼠成立了老鼠同盟，一起对抗猫。他们组成一支队伍，声势浩大地前进，想跟猫面对面斗争，结果会怎样呢？

一只小老鼠怕极了猫，只好寻求帮助，和其他老鼠组建了一个老鼠同盟。他们凑在一起讨论对抗猫的办法，最终一致决定，要跟猫硬碰硬地进行武装决斗！这个主意着实有些冒险，但老鼠们胆子不小，大家组成一支队伍，声势浩大地前进。[1]为首的是一只小老鼠，他也趾高气扬地走着。

❶ **动作描写**……刻画出小老鼠骄傲轻敌的样子，为下文做铺垫。

哪知，猫不知从哪儿蹿了出来，朝鼠群扑了过去。他一口就叼起了那只小老鼠。其他老鼠见状，吓得四处逃散。他们一败涂地，老鼠同盟也不复存在了。

精华赏析

老鼠天生不是猫的对手，又胆小，联盟注定要夭折。通过这则寓言，我们明白了做事要量力而行，不能仅凭一时意气蛮干。

延伸思考

1. 小老鼠想了什么办法对抗猫？
2. 这则寓言表现了老鼠的哪些特点？

小偷和驴子

名师导读

两个小偷成功偷到一头驴后，对于驴的处理，他们意见不同，互不相让，最后结果是怎样的呢？

两个小偷联手偷了一头驴，却为如何处置这头驴产生了极大的分歧。一个小偷想卖了驴换钱花，另一个则认为应该把驴留下。①就在两个人扭打之时，又来了一个小偷，竟把驴牵走了！

如果把驴比作领土，那么小偷就是不同的国家。当侵略者因为瓜分战利品而产生严重的分歧时，别的侵略者就会趁机偷走驴子。

❶叙述 第三个小偷趁机偷走驴，可见他是一个投机取巧、喜欢趁火打劫的人。

精华赏析

这则寓言把侵略者比作小偷，揭露了他们丑恶的嘴脸。写侵略者的战利品被盗走，是对愚蠢的侵略者辛辣的讽刺。

延伸思考

1. 这则寓言中的小偷和侵略者有什么相同之处？
2. 两个小偷偷来的驴去了哪里？

乌鸦和狐狸

名师导读

乌鸦叼着一块奶酪站在树上，而狐狸最后却得到了这块奶酪。可狐狸不会爬树，也不会飞，他是怎么做到的呢？

一只乌鸦站在树上，嘴里衔着一块鲜美的奶酪。

不远处的狐狸循着香味跑了来。他恭维道："尊贵的乌鸦先生，早上好！我不得不赞叹您英俊的外貌。如果您能一展歌喉，让大家听听您悦耳的歌声，就天下无敌了！"

[①]听到这样的赞美，乌鸦甚为得意，迫不及待张开了嘴。

> **❶ 解释说明**……
> 乌鸦为了表现自己失去了奶酪，揭示了他爱慕虚荣的性格。

在一旁伺机而动的狐狸看到奶酪掉下来时，暗喜道："乌鸦先生，凡有选择，必有代价。您听了我的奉承，只能用这奶酪当作报酬了，对我而言这真是一笔划算的买卖！"

乌鸦感到无地自容却追悔莫及，奶酪已经成了狐狸的美食。

精华赏析

乌鸦因不能客观地认识自己而失去了食物，这则寓言告诉我们不要盲目相信别人的花言巧语，对别人的奉承要保持清醒的头脑。

延伸思考

1. 请分别分析狐狸和乌鸦的性格。
2. 你喜欢这则寓言中的狐狸吗？请简述理由。
3. 你从乌鸦的经历中得到了什么教训？

名家心得

拉封丹的寓言书、诗故事里的很多的生命道理、世界规则，正是这样长青地不朽着。你从前遇到过它们，后来也会遇到，但是你不知不觉、不明不白、不痛不痒、不舒不坦。而他短短的一则被你读了，就陡然有了一个一个的明白。这个明白，三十岁的时候不同十岁的时候，六十岁到了则又延伸许多、阔大许多。拉封丹用鹅毛笔写出的诗寓言、故事诗是可以阅读很多个年纪的，是给很多年纪的人阅读的，它不是只属于儿童，如同伊索寓言属于人类、安徒生属于人类、格林属于人类，所有的真经典都是人类书，写出人类书的人都是伟大的。

——著名儿童文学作家　梅子涵

拉封丹的诗是“智慧和快乐的花”。

——法国文学家　缪塞

拉封丹的诗是法国人童年时代的乳汁、成年时代的面包、老年时代的营养丰富的菜肴。

——法国批评家　德西雷·尼扎尔

拉封丹的《寓言集》是法国的《一千零一夜》。

——法国文学家　若望·季洛杜

读者感悟

《拉封丹寓言》是我非常喜欢的一本书，因为它不仅有很多有趣的故事，而且还告诉了我们许多道理。

寓言借助动物之间的故事揭露人性的贪婪、自私等种种弊端，并揭示了这些弊病的恶果，通过对人性假恶丑的描写来告诉我们需要真善美来面对这个社会和世界，好人有好报，恶人有恶报，只有我们自己端正品性才能在这个社会中永久地站稳脚跟，真正立足。

比如在故事《狐狸和葡萄》里，狐狸吃不到美味的葡萄就说葡萄不甜，这提醒人们不要诋毁自己得不到的东西。在故事《狮子和老虎》里，狮子放过老鼠一马，老鼠知恩图报救了他，这告诉我们每个人都有自己的价值。在故事《狼和猎人》里，猎人已经捕获很多猎物，却还想逮住山鹑，最后却被野猪杀死；狼看到地上的猎物欣喜不已，认为是上天的馈赠，在吃掉这些猎物前，他想先吃掉猎人用羊肠做的弓弦，却不想被箭戳穿了肚皮。这告诉我们做人不能太贪心，贪心会带来更大的危险。唯有老老实实地工作、诚恳地做人，才会拥有幸福的生活。

在读这些寓言时，我仿佛又回到了孩提时代。这本书中的每一个故事都有着丰富的哲理，简短的故事中蕴含着发人深省的大道理，我想这正是这本寓言之所以流传如此之久的原因吧！

阅读拓展

《拉封丹寓言》，与《伊索寓言》《克雷洛夫寓言》一起，构成了世界寓言作品中最高的三座丰碑，成为全人类的精神财富。其中的名篇，如《狼和小羊》《乌鸦和狐狸》等在世界许多国家都广为流传，拉封丹本人也作为17世纪法国古典文学的杰出代表广受赞誉。19世纪法国著名文学评论家泰纳称赞他是“法国的荷马”，雨果的《巴黎圣母院》以及莫泊桑的《一生》中都提到他是法国古典文学作家中著名的诗人。

真题演练

一、填空题

1.《拉封丹寓言》的作者是______________。

2.《拉封丹寓言》大都取材于____________、古罗马和古印度的寓言以及 17 世纪的欧洲民间故事。

3. 拉封丹是____________（国家）古典文学的代表作家之一，寓言诗人。

4.《______________》与《伊索寓言》《克雷洛夫寓言》一起，构成了世界寓言作品中最高的三座丰碑，成为全人类的精神财富。

5. 19 世纪法国著名文学评论家泰纳称赞拉封丹是____________。

6.《老头儿和他的孩子们》中，老人通过临终前把三个儿子叫到身边，叫他们折断一捆________________这一方式，告诉他们“团结力量大”的道理。

二、选择题

1.《知了和蚂蚁》中，知了承诺（　）再来的时候，一定将粮食加倍还给蚂蚁。

A. 春天　B. 夏天　C. 秋天　D. 冬天

2.《猫和年长的老鼠》中，猫虽然在全身涂满了（　），但还是被身经百战的老鼠识破了。

A. 奶油　B. 奶酪　C. 面粉　D. 泥巴

3.《青蛙和老鼠》中，青蛙建议老鼠用（　）把他们的腿绑在一起。

A. 草绳　B. 麻绳　C. 藤蔓　D. 棉线

4.《姑娘》中，姑娘最后嫁给了（　）。

A. 商人　B. 法官　C. 粗人　D. 坏人

5.《狼和羊》中，狼和羊为了休战交换了人质，狼把狼崽给羊养，羊把（　）给狼养。

A. 小羊羔　B. 牧羊犬　C. 牧羊人　D. 猎狗

6.《陶罐和铁罐》中，两只铁罐为了保护陶罐，把他放在了（　），导致陶罐因和铁罐相互碰撞而破碎。

A. 中间　B. 左边　C. 右边　D. 后面

三、判断题

1.《想变得像牛一样强壮的青蛙》中，青蛙为了变得强壮把肚皮胀破了。（ ）

2.《胡蜂和蜜蜂》中，胡蜂和蜜蜂为了争蜂巢找到大马蜂做裁判，可是过了半年都没有结果。（ ）

3.《鞋匠和金融家》中，鞋匠得到金融家给的一百个金币后生活变得富裕起来，每天过得很开心，就再也没有唱歌了。（ ）

4.《狐狸和葡萄》中，狐狸说葡萄不甜，是因为狐狸很怕酸。（ ）

5.《乌龟和两只鸭子》中，两只鸭子和乌龟一起咬着棍子，鸭子飞起来的时候乌龟跟着飞起来了。（ ）

6.《猴子和猫》中，猴子怂恿猫偷主人的板栗被主人发现后，主人惩罚了猴子。（ ）

一、填空题

1. 拉封丹 2. 古希腊 3. 法国 4. 拉封丹寓言 5. “法国的荷马” 6. 鱼叉

二、选择题

1. B 2. C 3. A 4. C 5. B 6. A

三、判断题

1. √ 2 × 3. × 4. × 5. √ 6. ×

爱阅读课程化丛书 / 快乐读书吧

外国经典文学馆					
序号	作品	序号	作品	序号	作品
1	七色花	29	泰戈尔诗选	57	木偶奇遇记
2	愿望的实现	30	格列佛游记	58	王子与贫儿
3	格林童话	31	我是猫	59	好兵帅克历险记
4	安徒生童话	32	父与子	60	吹牛大王历险记
5	伊索寓言	33	地球的故事	61	哈克贝利·费恩历险记
6	克雷洛夫寓言	34	森林报	62	苦儿流浪记
7	拉封丹寓言	35	骑鹅旅行记	63	青 鸟
8	十万个为什么（伊林版）	36	老人与海	64	柳林风声
9	希腊神话	37	八十天环游地球	65	百万英镑
10	世界经典神话与传说	38	西顿动物故事集	66	马克·吐温短篇小说选
11	非洲民间故事	39	假如给我三天光明	67	欧·亨利短篇小说选
12	欧洲民间故事	40	在人间	68	莫泊桑短篇小说选
13	一千零一夜	41	我的大学	69	培根随笔
14	列那狐的故事	42	草原上的小木屋	70	唐·吉诃德
15	爱的教育	43	福尔摩斯探案集	71	哈姆莱特
16	童 年	44	绿山墙的安妮	72	双城记
17	汤姆·索亚历险记	45	格兰特船长的儿女	73	大卫·科波菲尔
18	鲁滨逊漂流记	46	汤姆叔叔的小屋	74	母 亲
19	尼尔斯骑鹅旅行记	47	少年维特之烦恼	75	茶花女
20	爱丽丝漫游奇境记	48	小王子	76	雾都孤儿
21	海底两万里	49	小鹿斑比	77	世界上下五千年
22	猎人笔记	50	彼得·潘	78	神秘岛
23	昆虫记	51	最后一课	79	金银岛
24	寂静的春天	52	365 夜故事	80	野性的呼唤
25	钢铁是怎样炼成的	53	天方夜谭	81	狼孩传奇
26	名人传	54	绿野仙踪	82	人类群星闪耀时
27	简·爱	55	王尔德童话		**陆续出版中……**
28	契诃夫短篇小说选	56	捣蛋鬼日记		

中国古典文学馆					
序号	作品	序号	作品	序号	作品
1	红楼梦	9	中国历史故事	17	小学生必背古诗词 70+80 首
2	水浒传	10	中国传统节日故事	18	初中生必背古诗文
3	三国演义	11	山海经	19	论 语
4	西游记	12	镜花缘	20	庄 子
5	中国古代寓言故事	13	儒林外史	21	孟 子
6	中国古代神话故事	14	世说新语	22	成语故事
7	中国民间故事	15	聊斋志异	23	中华上下五千年
8	中国民俗故事	16	唐诗三百首	24	二十四节气故事

名人传记文学馆					
序号	作品	序号	作品	序号	作品
1	雷锋的故事	9	华罗庚传	17	司马光传
2	苏东坡传	10	达·芬奇传	18	屈原传
3	居里夫人传	11	爱因斯坦传	19	科学家的故事
4	中外名人故事	12	牛顿传	20	杰出人物故事
5	比尔·盖茨传	13	岳飞传	21	阿凡提的故事
6	诺贝尔传	14	戚继光传	22	孔子的故事
7	爱迪生传	15	张衡传		**陆续出版中……**
8	达尔文传	16	诸葛亮传		

中国现当代文学馆（语文课本作家系列）					
序号	作品	序号	作品	序号	作品
1	一只想飞的猫	18	大林和小林	35	金波经典美文：树与喜鹊
2	小狗的小房子	19	宝葫芦的秘密	36	金波经典美文：阳光
3	“歪脑袋”木头桩	20	朝花夕拾·呐喊	37	金波经典美文：雨点儿
4	神笔马良	21	小布头奇遇记	38	金波经典美文：一起长大的玩具
5	小鲤鱼跳龙门	22	“下次开船”港	39	金波经典童话：沙滩上的童话
6	稻草人	23	呼兰河传	40	金波诗歌：我们去看海
7	中国的十万个为什么	24	子 夜	41	吴然精选集：五彩路
8	人类起源的演化过程	25	茶 馆	42	吴然精选集：珍珠雨
9	看看我们的地球	26	城南旧事	43	高洪波精选集：陀螺
10	灰尘的旅行	27	鲁迅杂文集	44	高洪波诗歌：彩色的梦
11	小英雄雨来	28	边 城	45	肖复兴精选集：阳光的两种用法
12	朝花夕拾	29	小桔灯	46	刘成章散文集：安塞腰鼓
13	骆驼祥子	30	寄小读者	47	刘成章散文集：信天游
14	湘行散记	31	繁星·春水	48	曹文轩经典小说：芦花鞋
15	给青年的十二封信	32	爷爷的爷爷哪里来	49	曹文轩经典小说：孤独之旅
16	艾青诗选	33	细菌世界历险记		**陆续出版中……**
17	狐狸打猎人	34	高士其童话故事精选		

中国现当代文学馆（语文课本延伸阅读系列）					
序号	作品	序号	作品	序号	作品
1	荷塘月色	13	长 河	25	丁丁的一次奇怪旅行
2	背 影	14	寒假的一天	26	小仆人
3	从百草园到三味书屋	15	古代英雄的石像	27	旅 伴
4	徐志摩诗歌	16	东郭先生和狼	28	王子和渔夫的故事
5	徐志摩散文集	17	大奖章	29	新同学
6	四世同堂	18	半半的半个童话	30	野葡萄
7	怪老头	19	红鬼脸壳	31	会唱歌的画像
8	小贝流浪记	20	会走路的大树	32	鸟孩儿
9	谈美书简	21	秃秃大王	33	云中奇梦
10	女 神	22	罗文应的故事		**陆续出版中……**
11	陶奇的暑期日记	23	小溪流的歌		
12	从文自传	24	南南和胡子伯伯		

中国现当代文学馆（中高考热点作家系列）					
序号	作品	序号	作品	序号	作品
	陆续出版中……